전략의 여왕
ⓒ조용호, 2024

1판 1쇄 발행 2024년 10월 22일
지은이 조용호
편집자 천진숙 디자인 천진숙
펴낸이 조용호 펴낸곳 와이즐리
출판등록 제385-251002021000003호(2021년 1월 21일)
대표전화 02-3454-1108   이메일 brad.cho@thebook.center
인스타그램 www.instagram.com/wiselybooks
홈페이지 http://thebook.center

ISBN 979-11-989362-1-9
책값은 뒤표지에 있습니다.

이 책 내용의 일부 또는 전부를 재사용하려면 반드시 와이즐리의 서면 동의를 얻어야 합니다.

전략의 여왕

신입 매니저 민지의 고군분투 기업 부활기
|The Queen of Strategy

조용호 지음

와이즐리
thebook.center

등장인물 소개

서민지
28세, 한국전자의 신입 매니저에서 시작해 빠르게 성장하는 주인공
뛰어난 분석력과 창의적인 문제 해결 능력을 가짐
도전을 두려워하지 않고, 끊임없이 학습하며 성장하는 인물
전략적 사고와 리더십을 통해 회사의 위기를 극복해 나감

김 회장
60대 후반, 한국전자의 회장
오랜 경험과 통찰력을 바탕으로 회사를 이끌어옴
변화의 필요성을 인식하고 민지의 잠재력을 알아봄
때로는 엄격하지만, 혁신적인 아이디어에 열린 태도를 보임

강현우
40대 중반, 외부 전략 컨설턴트이자 민지의 멘토
풍부한 경험과 지식을 바탕으로 민지에게 조언을 제공
냉철한 분석력과 따뜻한 인간미를 동시에 지닌 인물
민지의 성장을 돕고, 중요한 순간마다 통찰력 있는 조언을 제공

나민호
35세, 미래전자의 전략 책임자이자 민지의 라이벌
뛰어난 전략가이자 한국전자의 최대 경쟁자
냉철하고 계산적이지만, 때로는 예측 불가능한 행동을 보임
민지와의 경쟁을 통해 서로를 자극하고 성장하게 만드는 존재

박성준
45세, 한국전자의 인사팀장
공정하고 체계적인 성격으로 조직 관리에 탁월함
초반에는 민지의 급격한 승진에 의구심을 가지지만, 점차 그녀의 능력을 인정하고 지원하게 됨

김서진
32세, 한국전자 마케팅팀 과장
창의적이고 열정적인 성격으로 민지와 좋은 팀워크를 형성
고객 중심적 사고로 민지의 전략에 중요한 인사이트를 제공

이주영
26세, 한국전자 연구원
뛰어난 기술력과 혁신적인 아이디어로 민지의 전략 실행에 기여
젊은 세대의 관점을 대변하며, 때로는 기존 관행에 도전하는 모습을 보임

'전략의 여왕' - 신입 매니저 민지의 기업 부활기: 시놉시스

1화: 변화의 필요성을 깨닫다
신입 매니저 서민지가 한국전자에 입사한다. 미래전자의 혁신적인 스마트홈 시스템 출시로 인한 회사의 위기 상황을 파악하고, 임원들 앞에서 대담한 프레젠테이션을 통해 새로운 전략 태스크포스 리더로 발탁된다.

2화: 새의 눈으로 살피다
미래전자가 인공지능 기반 스마트홈 플랫폼을 발표하며 시장을 장악하기 시작한다. 민지는 PEST 분석과 포터의 5 Forces 모델을 활용해 반격 전략을 수립하지만, 임원보고에서 제안이 거부되어 곤경에 처한다. 외부 전략 코치 강현우의 조언을 받아 새로운 접근을 통해 위기를 극복한다.

3화: 오미자 공주와 편의점
이주영은 쉬는 주말 동네 편의점에서 식사를 해결하며 그녀에게 중요한 계기가 되어준 대학원 시절 과거의 일을 회상한다.

4화: 고객의 마음을 사로잡아라
미래전자가 새로운 AI 기반 제품을 출시한다. 민지는 고객에 대한 이해를 통해 돌파구를 찾기 위해 고객 세그멘테이션과 고객 여정 맵을 수행한다. 이를 통해 시장의 숨겨진 니즈를 발견하고 이를 해결하는 새로운 신제품 출시를 제안한다. 이 공로로 과장으로 승진한다.

5화: 쉼표(Shimpyo), 새로운 시작
민지는 자주 다니는 홍대앞 단골 카페의 경영상 어려움을 알게 되고 도움의 손길을 내민다. 카페는 새로운 컨셉을 찾아 변신하며 지역 명소로의 부활에 성공한다.

6화: 내부에서 답을 찾다
미래전자가 파격적인 조건으로 한국전자의 핵심 인재들을 스카우트하기 시작한다. 민지는 SWOT 분석과 가치사슬 분석을 통해 회사의 강점을 재발견하고 HR팀과 협업으로 신개념 '인재 육성 프로그램'을 개발하여 인재 유출을 막는데 성공한다.

7화: 김 회장의 산행 교훈
주말에 집앞을 등산하는 짧은 시간 동안 김 회장은 현재 한국전자가 갈림길에 서 있음을 깨닫게 되고 다음 단계로 나아가기 위한 변화를 결심한다.

8화: 한 방향을 향해 나아가다
김 회장은 갈림길에 선 회사의 미래를 위해 새로운 비전 수립에 나선다. 민지는 회장의 특명을 받아 한국전자의 미래방향 및 새로운 비전과 미션을 정립하기 위한 전사적 워크숍을 주도한다. 조직 내 갈등 속에서 전략 맵을 활용해 설득력 있는 미래 청사진을 제시하고 그 공로로 부장으로 승진한다.

9화: 위기의 '행복한 꽃집'
강현우는 해마다 기념일에 들르는 동네 꽃집이 어려움에 처한 것을 보고 지나치지 못한다. 꽃집 운영의 구조적 어려움을 극복하기 위한 방안을 함께 찾고 마침내 그 변화에 성공한다.

10화: 혁신의 대결
미래전자가 획기적인 통합형 AI 스마트홈 시스템을 출시한다. 민지는 이에 맞서 비즈니스 모델 캔버스를 활용해 이에 대응할 새로운 사업 모델을 설계하고 신속한 MVP 개발을 주도한다. 새로운 접근으로 조직의 저항을 극복하고 성공적으로 새로운 신개념 서비스를 출시한다.

11화: 전략가와 북극성
나민호는 미래전자와의 의무 계약기간 종료일이 가까워 옴에 따라 이후의 행보에 대해 고민하게 된다. 이러한 와중에 민지와의 우연한 만남을 통해 그 실마리를 찾게 된다.

12화: 미지의 영역을 향한 도전

민지는 경쟁이 없는 신시장을 찾으라는 회장님의 명을 받아 팀원들과 함께 새로운 시장을 탐색한다. 그 과정에서 새로운 사업 영역을 발굴해 내고 기존에 경쟁사들이 주목하지 않던 고객층을 대상으로 한 혁신적인 제품 출시에 기여하게 된다.

13화: 내 안의 변화를 마주하다
그동안 쉼없이 달려왔던 민지는 짧은 안식 휴가를 받고 해외에 잠시 체류하기 위해 출국한다. 그 전에 코치와 만나 그동안 만나왔던 문제와 해결책을 찾아갔던 순간들을 함께 회고하며 앞으로의 성장에 디딤돌이 될 수 있도록 성찰 포인트를 찾는다.

차례

1화: 변화의 필요성을 깨닫다　　12
2화: 새의 눈으로 살피다　　33
3화: 오미자 공주와 편의점　　45
4화: 고객의 마음을 사로잡아라　　59
5화: 쉼표(Shimpyo), 새로운 시작　　73
6화: 내부에서 답을 찾다　　90
7화: 김 회장의 산행 교훈　　112
8화: 한 방향을 향해 나아가다　　122
9화: 위기의 '행복한 꽃집'　　141
10화: 혁신의 대결　　171
11화: 전략가와 북극성　　194
12화: 미지의 영역을 향한 도전　　212
13화: 내 안의 변화를 마주하다　　229
나가는 말　　239

1화. 변화의 필요성을 깨닫다

1화: 변화의 필요성을 깨닫다

 한국전자 본사 건물 앞, 서민지는 깊은 숨을 내쉬었다. 오늘은 그녀에게는 두 번째 직장인 이 회사로의 첫 출근 날이었다. 화창한 봄 아침, 민지의 눈에는 희망과 열정이 가득했지만, 동시에 불안감도 엿보였다.

 "드디어 시작이구나." 민지는 마음속으로 다짐했다. "난 반드시 이 회사와 함께 성장하고 직장의 끝까지 가볼거야."

 로비에 들어서자 웅장한 전시관이 그녀를 맞이했다. 한국전자의

70년 역사가 고스란히 담긴 제품들이 전시되어 있었다. 흑백 TV부터 시작해 최신 스마트 가전까지, 그 발전 과정이 한눈에 들어왔다.

인사팀 직원의 안내를 받아 자리에 앉은 민지는 곧바로 일에 몰두했다. 회사에 대한 온보딩용 자료들을 읽다가 어느 순간 공시 자료로 올라간 회사의 현황 보고서에 눈길이 갔다. 그래서 누가 시키지도 않았는데 이끌리듯이 꼼꼼히 읽어 내려갔다. 그러나 읽으면 읽을수록 미간에 주름이 깊어졌다.

"이런... 생각보다 상황이 심각하네."

점심 시간, 구내식당에서 우연히 마주친 선배 사원과 대화를 나누던 중 민지는 충격적인 소식을 듣게 되었다.

"그러고 보니 서민지 대리는 모르겠구나. 미래전자가 이번에 새로운 스마트홈 시스템을 출시한대. 우리 제품은 이제 구식이 되어버렸어."

"미래전자요? 우리의 최대 경쟁사 말입니까?"

"그렇지. 게다가 그들에겐 나민호라는 천재 전략가가 있어. 그가 미래전자에 합류하고부터 우리는 계속 뒤처지고 있어."

민지는 깊은 생각에 빠졌다. 집으로 돌아가는 길, 그녀는 휴대폰으로 미래전자의 새 제품에 대한 뉴스를 검색했다. 화면 속에서 환한 미소를 짓고 있는 나민호의 모습이 눈에 들어왔다.

"나민호..." 민지는 그 이름을 중얼거렸다.

나민호라는 이름은 그녀에게 도전의 상징과도 같았다. 3년 전, 그녀가 25살 때의 일이 떠올랐다.

당시 민지는 '홈코지'라는 이름의 스타트업을 시작한 지 1년 남짓 된 상태였다. 그녀의 목표는 일반 가정에 적용할 수 있는 사용하기 쉬운 AI 기반 스마트 온도 조절기를 개발하는 것이었다.

"우리 제품은 정말 직관적입니다. 누구나 쉽게 사용할 수 있죠." 민지는 투자사 관계자 앞에서 열정적으로 발표했다. "이를 통해 모든 가정이 더 편리하고 에너지 효율적인 삶을 누리게 하겠습니다."

투자사 관계자는 부드럽게 미소를 지으며 말했다. "아이디어는 훌륭합니다. 하지만 소비자 시장은 예측도 어렵지만 행동을 바꾸게 하는게 더 큰 숙제일 것 같습니다. 어떻게 이 과제를 극복하실 건가요?"

같은 시기, 32살이었던 나민호는 '넥스트퓨처'라는 회사를 이끌고 있었고 민지와 경쟁 제품을 가지고 있었다. 하지만 그의 접근 방식은 조금 달랐다. 나민호는 대형 시행사 및 건설사와 제휴하여 신축 건물을 짓는 과정에 자신의 AI 기반 스마트 에너지 관리 시스템을 납품할 수 있었다. 그리고 상업시설이나 오피스텔의 특성에 맞는 제품도 내놓아 빠르게 시장 점유율을 높이고 있었다.

스타트업 IR 데이에서 민지는 나민호의 프레젠테이션을 유심히 지켜봤다. 그의 전략은 날카롭고 설득력 있었으며 최소한 자신보다 두세 수 앞을 보고 나아가는 느낌이었다.

"우리의 시스템은 대형 건물의 에너지 사용량을 20%까지 줄일 수 있습니다." 나민호의 자신감 넘치는 목소리가 울려 퍼졌다.

민지는 감탄하면서도 자신의 비전을 굽히지 않았다. "저렇게도 접근을 할 수 있구나. 빠른 시기에 우리도 기존 접근 방법을 꼭 재점검 해봐야겠어." 그녀는 마음속으로 다짐했다.

그럼에도 현실은 냉정했다. 주요 투자사와의 마지막 미팅에서 민지는 안타까운 소식을 들어야 했다.

"서민지 대표님, 귀사의 비전은 정말 멋집니다. 하지만 현 시장 상황에서는 B2B 모델에 투자하기로 결정했습니다. 넥스트퓨처가 저희의 포트폴리오사가 될 예정입니다."

민지는 실망감을 숨기지 못했지만, 이내 고개를 들었다. "알겠습니다. 시간을 가지고 검토해 주신 점 감사합니다."

투자 유치 이후 넥스트퓨처는 더 빠르게 성장해 나갔고, 2년 뒤 전략적 투자사로 참여했던 미래전자에 최종 인수합병되었다. 나민호는 회사 매각 후 미래전자의 임원으로 합류했다고만 들었다.

민지는 투자 유치에 실패한 지 반년 후 고심 끝에 자신의 첫 회사인 홈코지를 정리한 후 두어달 재충전 시간을 가지고 나서 글로벌 기업에 입사해 2년간 새로운 경험을 쌓았다. 새로운 자리에서 비즈니스 전략, 시장 분석, 대기업의 운영 방식을 배우며 그녀는 눈부시게 다른 측면에서 성장하는 경험을 할 수 있었다.

"걸림돌을 디딤돌로 만들자" 민지는 자주 이 문구를 되뇌었다. 과거의 경험은 그녀를 더 강하고 현명하게 만들어주었다.

그리고 마침내, 그녀는 실력을 인정받아 헤드헌터의 소개를 통해 한국전자에 입사하게 되었다. 이제 그녀의 눈앞에는 새로운 도전이 기다리고 있었다. 투자유치를 위한 나민호와의 경쟁은 오래전 일이 되었고 그녀에게 나민호라는 이름은 자신의 한계를 뛰어넘게 해주는 동기부여가 되곤 했다.

그날 밤, 민지는 늦게까지 회사 자료를 분석했다. 그녀의 눈에 한국전자의 문제점들이 하나둘 보이기 시작했다.

"이대로는 안 돼. 무언가 대책이 필요해."

며칠 후, 민지는 '영 이노베이터스'라는 주니어 보드에 참여하게 되었다. 이 보드는 젊은 직원들의 혁신적인 아이디어를 수렴하고 회사의 변화를 추진하기 위해 최근에 만들어진 조직이었다.

주니어 보드 활동 중, 민지는 미래전자의 신제품에 대해 더 자세히 조사하기 시작했다. 그녀는 제품의 특징, 시장 반응, 그리고 전문가들의 분석을 꼼꼼히 살펴보았다. 그 과정에서 민지는 한국전자가 직면한 위기가 생각보다 더 심각하다는 것을 깨달았다.

"민지 씨, 이번 달 임원회의 발표를 맡아줄 수 있겠어요?" 주니어 보드 리더인 김 과장이 물었다.

민지는 순간 망설였다. 임원회의 발표라니, 너무 큰 책임이 아닐까? 그녀는 잠시 말을 잇지 못했다.

"고민되나요?" 김 과장이 부드럽게 물었다.

민지는 천천히 고개를 끄덕였다. "네... 제가 과연 그럴 만한 자격이 있을까 싶어서요."

그날 밤, 민지는 잠을 이루지 못했다. 한편으로는 큰 기회라는 생각이 들었지만, 다른 한편으로는 두려움이 엄습했다.

'내가 과연 이런 중요한 발표를 할 수 있을까? 실수하면 어쩌지? 아니면 그냥 무난한 주제로 발표를 준비할까?'

하지만 곧 민지의 마음속에서 다른 목소리가 들려왔다.

'지금 한국전자에 필요한 건 변화야. 누군가는 이 얘기를 해야 해. 내가 아니면 누가 이런 위험을 무릅쓰고 진실을 말할 수 있을까?'

민지는 창밖을 바라보며 깊은 숨을 내쉬었다. 그리고 결심했다.

'그래, 해보자. 한국전자의 미래를 위해 누군가는 해야 할 일이야. 내가 할 수 있어.'

다음 날 아침, 민지는 김 과장을 찾아갔다.

"김 과장님, 제가 임원회의 발표를 맡겠습니다."

김 과장의 얼굴에 미소가 번졌다. "좋아요, 민지 씨. 믿고 있었어요."

발표 준비를 하면서, 민지는 자신이 분석한 내용을 바탕으로 회사의 변화 필요성을 강조하기로 결심했다. 그녀는 밤을 새워 전략적 사고 프레임워크를 활용해 현 상황을 분석하고, 회사의 변화 필요성을 설득력 있게 제시할 자료를 만들었다. 그러던 중, 그녀는 한국전자의 사업 포트폴리오를 더 깊이 들여다볼 필요성을 느꼈다.

'전체적인 사업 구조를 한눈에 볼 수 있는 방법이 없을까?'

그때 민지의 머릿속에 BCG 매트릭스가 떠올랐다. 그녀는 즉시 한국전자의 주요 사업들을 매트릭스에 배치해보기 시작했다.

- 스타: 웨어러블 기기 제품
- 캐시카우: 기존 가전제품 (냉장고, 세탁기, TV 등)
- 문제아: 스마트홈 시스템 (초기 단계)
- 개: 구형 모델의 피쳐폰

분석을 마친 민지는 충격에 빠졌다. 한국전자의 주력 사업 대부분이 '캐시카우'나 '개' 영역에 몰려 있었고, 미래를 이끌 '스타'나 성장 잠재력이 있는 '문제아' 사업은 턱없이 부족했다.

'이대로 가다간 정말 위험해질 수 있겠어...'

민지는 이 분석 결과를 임원회의 발표 자료에 추가하기로 결심했다.

드디어 임원회의 당일, 민지는 긴장된 모습으로 회의실에 들어섰다. 김 회장을 비롯한 고위 임원들의 날카로운 시선이 그녀에게 쏠렸다.

"이번 주니어 보드의 발표는 신입 매니저 민지 씨가 준비했다고 하던데, 어떤 내용인가요?" 김 회장이 물었다.

민지는 떨리는 마음을 진정시키며 프레젠테이션을 시작했다. "네, 회장님. 제가 분석한 결과, 우리 회사가 직면한 위기는 단순한 일시적 하락이 아닙니다. 구조적인 문제가 있습니다."

그녀는 전략적 사고 프레임워크를 활용해 만든 도표를 화면에 띄웠다.

"이 프레임워크는 네 가지 핵심 영역으로 구성되어 있습니다. 시장 동향, 고객 니즈, 내부 역량, 그리고 경쟁사 분석입니다."

시장 동향 "첫째, 시장 동향을 보시면," 민지가 도표의 첫 번째 영역을 가리켰다. "스마트홈 시장이 연평균 20% 이상의 성장률을 보이고 있습니다. 반면, 우리의 주력 제품군인 전통적인 가전제품 시장은 2% 성장에 그치고 있죠."

고객 니즈 "둘째, 고객 니즈 변화입니다." 그녀는 다음 영역으로 이동했다. "최근 조사에 따르면, 고객의 73%가 통합된 스마트홈 솔루션을 원하고 있습니다. 하지만 우리 제품 라인업을 보면, 이런 니즈를 충족시키지 못하고 있습니다."

내부 역량 "셋째, 우리의 내부 역량입니다." 민지의 목소리에 힘이 실렸다. "우리는 뛰어난 하드웨어 기술을 보유하고 있지만, 소프트웨어와 AI 기술은 경쟁사에 비해 뒤처져 있습니다. 이 격차를 좁히지 않으면 미래 시장에서 경쟁력을 잃게 될 것입니다."

경쟁사 분석 "마지막으로, 경쟁사 분석입니다." 민지는 마지막 영역을 가리켰다. "미래전자의 새로운 스마트홈 시스템은 이미 시장에서 큰 반향을 일으키고 있습니다. 그들의 제품은 사용 편의성, AI 기능, 에너지 효율성 면에서 우리를 앞서고 있습니다."

민지는 잠시 숨을 고르고 결론을 이어갔다. "종합해보면, 우리는 지금 매우 위험한 상황에 처해 있습니다. 하지만 동시에 큰 기회도 있습니다."

그녀는 잠시 멈추고 BCG 매트릭스 슬라이드를 화면에 띄웠다. "더불어, 우리 회사의 사업 포트폴리오를 BCG 매트릭스로 분석해 보았습니다."

임원들의 표정이 더욱 심각해졌다.

"보시다시피, 우리의 주력 사업 대부분이 '캐시카우'나 '개' 영역에 집중되어 있습니다. 반면, 미래 성장을 이끌 '스타' 사업과 잠재력 있는 '문제아' 사업은 매우 부족한 상황입니다."

민지의 목소리에 힘이 실렸다. "이는 우리 회사의 미래가 매우 불안정하다는 것을 의미합니다. 우리는 지금 당장 사업 포트폴리오를 재구성하고, 새로운 성장 동력을 찾아야 합니다."

회의실은 무거운 침묵에 빠졌다. 임원들의 표정이 더욱 심각해졌다.

이때 생산담당 이사가 입을 열었다. "그렇다면 서 대리, 구체적으로 어떤 방향으로 나아가야 한다고 보시나요?"

민지는 잠시 망설이다 대답했다. "정확한 해답을 지금 제시하기는 어렵습니다. 하지만 분명한 건, 우리의 현재 전략으로는 미래를 대비할 수 없다는 것입니다. 스마트홈 시장에 대한 본격적인 진출을 고려해야 하며, 이를 위해 우리의 약점을 보완할 방안을 시급히 마련해야 합니다."

마케팅 담당 상무가 의문을 제기했다. "하지만 우리의 주력 시장을 갑자기 바꾸는 것은 너무 위험하지 않을까요? 기존 고객들을 잃을 수도 있습니다."

민지는 고개를 끄덕이며 대답했다. "네, 그 점은 충분히 이해합니다. 하지만 우리가 변화하지 않으면 결국 모든 고객을 잃게 될 것입니다. 중요한 것은 기존 제품의 강점을 유지하면서 새로운 시장으로 확장해 나가는 것입니다. 예를 들어, 우리의 전통적인 가전제품에 스마트 기능을 추가하는 것부터 시작할 수 있을 것 같습니다."

김 회장이 고개를 끄덕였다. "흥미로운 분석이군요. 하지만 이런 큰 변화를 추진하기에는 리스크가 크지 않을까요?"

이때 강현우가 입을 열었다. "회장님, 제 생각에는 오히려 변화하지 않는 것이 더 큰 리스크입니다. 서 대리의 분석은 매우 날카롭고 정확합니다. 이 문제의식을 바탕으로 구체적인 전략을 수립한다면 큰 성과를 낼 수 있을 것 같습니다."

김 회장이 강현우를 바라보았다. "강 코치, 그러면 어떻게 하는 게 좋겠습니까?"

강현우는 미소를 지으며 대답했다. "서 대리의 제안을 지지합니다. 이 젊은 인재에게 기회를 주는 것이 좋겠습니다. 새로운 시각으로 우리 회사의 미래 전략을 수립할 수 있을 것 같습니다."

마침내 김 회장이 결정을 내렸다. "좋습니다. 서 대리, 당신을 새로운 전략 태스크포스의 리더로 임명하겠소. 우리 회사의 미래 전략을 수립해주시기 바랍니다. 강 코치, 앞으로 서 대리의 멘토로서 조언을 해주실 수 있겠습니까?"

민지는 놀란 표정을 감추지 못한 채 고개를 숙였다. "감사합니다, 회장님. 최선을 다해 노력하겠습니다."

강현우도 고개를 끄덕였다. "네, 회장님. 기꺼이 서 대리를 도와 한국전자의 새로운 미래를 그리는 데 힘을 보태겠습니다."

회의가 끝나고 사람들이 하나둘 자리를 떠났다. 강현우가 민지에게 다가왔다.

"서 대리, 오늘 정말 인상적이었어요. 앞으로 큰 도전이 기다리고 있을 거예요. 제가 외부에서 조언을 아끼지 않겠습니다. 함께 이 위기를 극복해 봅시다."

민지는 고개를 끄덕였다. "감사합니다, 강 코치님. 많이 배우고 싶습니다."

"첫 번째 조언을 드리자면," 강현우가 말을 이었다. "지금부터 오늘 회의에서 제시한 프레임워크의 각 영역에 대해 더 깊이 있는 조사를 시작하세요. 특히 고객 니즈와 기술 트렌드에 대해 더 자세히 알아볼 필요가 있어요. 그리고 우리 회사의 강점을 어떻게 새로운 시장에 적용할 수 있을지 고민해보세요."

민지는 진지하게 고개를 끄덕였다. "네, 알겠습니다. 바로 시작하겠습니다."

회의실을 나서는 민지의 발걸음은 어느 때보다 가벼웠다. 그녀는 이제 막 자신의 진정한 여정이 시작되었음을, 그리고 나민호와의 본격적인 대결이 시작되었음을 직감했다.

엘리베이터를 기다리며 민지는 문득 창밖을 바라보았다. 서울의 스카이라인이 눈에 들어왔다. 그 어느 때보다 높고 멀게만 느껴지는 빌딩들. 하지만 그녀의 눈에는 이제 두려움 대신 도전의지가 빛났다.

"기다려라, 나민호. 내가 반드시 당신을 이기고 한국전자를 일으켜 세우겠어."

민지의 눈에는 결연한 의지가 빛났다. 한국전자와 미래전자의 치열한 경쟁, 그리고 민지와 나민호의 두뇌 대결은 이제 막 시작되었다. 그리고 이 여정에서 강현우라는 든든한 조력자를 얻은 것이다.

사무실로 돌아온 민지는 곧바로 일에 착수했다. 그녀는 노트북을 열고 메모를 시작했다.

"1. 스마트홈 시장 심층 분석 2. 고객 니즈 조사 - 포커스 그룹 인터뷰 계획 3. 내부 역량 평가 - 소프트웨어, AI 전문가 영입 방안 4. 경쟁사 제품 벤치마킹 - 미래전자 스마트홈 시스템 분석"

민지는 잠시 펜을 멈추고 생각에 잠겼다. 그녀의 앞에는 험난한 여정이 기다리고 있었다. 하지만 그녀의 마음속에는 이미 한국전자의 새로운 미래가 그려지고 있었다.

"이제 시작이야," 민지는 중얼거렸다. "우리는 반드시 성공할 거야."

그녀의 눈빛에는 확신이 가득했다. 한국전자의 운명을 바꿀 대장정이 시작된 것이다.

1장에서 사용된 주요 프레임워크 설명

3C 분석 프레임워크 (3C Analysis Framework)

활용 가능한 상황
- 새로운 시장 진입을 고려할 때
- 기존 사업 전략을 재평가해야 할 때
- 경쟁 환경의 변화에 대응해야 할 때
- 신제품 또는 서비스 개발을 계획할 때
- 마케팅 전략을 수립하거나 개선해야 할 때

목적

3C 분석 프레임워크는 기업의 내부 역량, 고객, 그리고 경쟁사를 종합적으로 분석하여 효과적인 비즈니스 전략을 수립하기 위한 도구입니다. 이 프레임워크를 통해 기업은 시장 환경을 전체적으로 파악하고, 경쟁 우위를 확보할 수 있는 전략을 개발할 수 있습니다.

주요 요소

1. 고객 (Customer)
   - 목표 고객 세그먼트
   - 고객의 니즈와 욕구

- 구매 행동 및 패턴

2. 경쟁사 (Competitor)
    - 주요 경쟁사 식별
    - 경쟁사의 강점과 약점
    - 경쟁사의 시장 전략

3. 자사 (Company)
    - 핵심 역량 및 자원
    - 제품/서비스 포트폴리오
    - 기업 문화와 조직 구조

적용 예시
- 자동차 제조업체가 전기차 시장 진출을 검토할 때
- 온라인 교육 플랫폼이 새로운 학습 프로그램을 개발할 때
- 소매업체가 옴니채널 전략을 수립할 때
- 식품 기업이 건강식품 시장으로의 확장을 고려할 때

기대 효과
- 시장 통찰력 향상: 고객, 경쟁사, 자사의 상호작용을 종합적으로 이해할 수 있습니다.
- 차별화 전략 수립: 자사의 강점과 고객 니즈를 연결하여 효과적인 차별화 전략을 개발할 수 있습니다.

- 리스크 관리: 경쟁 환경과 시장 동향을 파악하여 잠재적 위험을 사전에 식별할 수 있습니다.
- 자원 최적화: 핵심 역량에 집중하고 효율적인 자원 배분이 가능해집니다.
- 고객 중심 접근: 고객의 요구사항을 깊이 이해하여 고객 중심의 전략을 수립할 수 있습니다.

3C 분석 프레임워크를 효과적으로 활용하기 위해서는 지속적인 시장조사와 데이터 수집이 필요합니다. 또한, 각 요소 간의 상호작용을 고려하여 통합적인 관점에서 분석을 진행해야 합니다. 이 프레임워크는 다른 전략 도구들과 함께 사용될 때 더욱 강력한 인사이트를 제공할 수 있습니다.

BCG 매트릭스 (Boston Consulting Group Matrix)

활용 가능한 상황
- 기업의 사업 포트폴리오를 평가하고 재구성해야 할 때
- 제품 라인업의 전략적 위치를 파악하고자 할 때
- 자원 배분 결정을 내려야 할 때
- 신규 사업 진출 또는 기존 사업 철수를 고려할 때
- 장기적인 성장 전략을 수립할 때

목적
BCG 매트릭스는 기업의 사업 단위나 제품을 시장 성장률과 상대적 시장 점유율에 따라 분류하여, 효과적인 자원 배분과 전략 수립을 돕는 도구입니다. 이를 통해 기업은 균형 잡힌 사업 포트폴리오를 구성하고 지속 가능한 성장을 도모할 수 있습니다.

주요 요소

1. 스타 (Star)
   - 높은 시장 성장률, 높은 상대적 시장 점유율
   - 많은 투자가 필요하지만 높은 수익 창출

2. 캐시카우 (Cash Cow)
   - 낮은 시장 성장률, 높은 상대적 시장 점유율

- 안정적인 현금 흐름 제공, 적은 투자로 높은 수익

3. 문제아 (Question Mark)
- 높은 시장 성장률, 낮은 상대적 시장 점유율
- 성장 잠재력은 있으나 많은 투자가 필요

4. 개 (Dog)
- 낮은 시장 성장률, 낮은 상대적 시장 점유율
- 수익성이 낮고 미래 전망이 불투명

적용 예시
- 전자제품 회사가 다양한 제품 라인의 성과를 평가할 때
- 다국적 기업이 각 국가별 사업 단위의 성과를 분석할 때
- 투자 회사가 포트폴리오 기업들의 성과와 잠재력을 평가할 때
- 식품 기업이 다양한 브랜드의 시장 위치를 파악할 때

기대 효과
- 전략적 자원 배분: 각 사업 단위나 제품의 위치에 따라 적절한 자원 배분 결정을 내릴 수 있습니다.
- 포트폴리오 균형: 다양한 성장 단계의 사업을 균형있게 관리할 수 있습니다.
- 미래 성장 동력 파악: 잠재력 있는 '문제아' 사업을 식별하고 집중 육성할 수 있습니다.

- 효율적인 사업 구조조정: 수익성이 낮은 '개' 사업의 처리에 대한 객관적 판단이 가능합니다.
- 현금 흐름 최적화: '현금젖소'를 통한 안정적 수익과 '스타'에 대한 투자 간의 균형을 맞출 수 있습니다.

BCG 매트릭스를 효과적으로 활용하기 위해서는 정기적인 시장 분석과 자사의 위치 평가가 필요합니다. 또한, 이 도구는 단순화된 모델이므로, 다른 분석 도구와 함께 사용하여 더 세심한 의사결정을 내리는 것이 좋습니다.

2화. 새의 눈으로 살피다

2화: 새의 눈으로 살피다

   한국전자 본사 15층, 새롭게 꾸려진 전략 태스크포스 사무실은 열기로 가득했다. 민지는 화이트보드 앞에 서서 팀원들과 열띤 토론을 벌이고 있었다.

   "자, 지금까지 우리가 수집한 데이터를 바탕으로 PEST 분석을 해봤습니다." 민지가 말했다. "정치적으로는 최근 강화된 개인정보보호법이 우리의 스마트홈 전략에 영향을 줄 수 있어요. 경제적으로는 글로벌 경기 침체 우려가 있지만, 역설적으로 가정에서 보내는 시간이 늘어나면서 스마트홈에 대한 수요가 증가하고 있죠."

그때, 민지의 휴대폰이 요란하게 울렸다. 발신자는 마케팅팀 박 과장이었다.

"민지 씨, 큰일 났어요! 미래전자가 방금 인공지능 기반 스마트 홈 플랫폼 '미래홈AI'를 발표했어요. 벌써 주가가 15% 넘게 올랐대요!"

민지의 얼굴이 굳었다.

민지는 즉시 태스크포스 팀원들을 소집했다. "여러분, 상황이 급변했습니다. 미래전자가 우리의 예상보다 빨리 움직였어요. 그래도 차근차근 우리가 할 일을 해나갑시다. 자 지금부터 포터의 5 Forces 모델을 사용해 우리의 상황을 재분석하겠습니다."

팀원들과 함께 화이트보드 앞에 모여 분석을 시작했다.

기존 경쟁자 간의 경쟁: "미래홈AI의 출시로 경쟁이 더욱 치열해졌습니다. 우리의 시장 점유율이 위협받고 있어요."

새로운 진입자의 위협: "역설적이게도, 미래전자의 강력한 제품 출시로 새로운 기업의 시장 진입 장벽이 높아졌습니다."

대체제의 위협: "기존의 단순한 홈 오토메이션 시스템들이 빠르게 대체될 것 같아요."

구매자의 교섭력: "소비자들의 기대치가 높아져 더 나은 서비스와 기능을 요구할 겁니다. 이는 우리에게 위협이 될 수 있어요."

공급자의 교섭력: "AI 칩이나 센서 등 핵심 부품 공급업체들의 협상력이 강화될 것 같습니다."

분석을 마치고 팀원들의 얼굴에는 깊은 고민의 그늘이 드리워졌다. 침묵이 흐르던 중, 신입 연구원 이주영이 조심스레 입을 열었다.

"그런데... 미래홈AI가 너무 표준화되어 있다는 점이 오히려 약점이 될 수 있지 않을까요? 모든 가정의 니즈가 같지는 않을 텐데..."

한동안 깊은 생각에 잠잠했던 민지의 눈이 천천히 밝게 뜨였다. "주영 씨, 정말 좋은 지적이에요! 여러분, 어쩌면 여기에 돌파구가 숨어 있을지도 몰라요. 다함께 이 부분을 더 파고들어 봅시다."

팀은 미래홈AI의 표준화된 접근 방식의 한계점들을 열거하기 시작했다. 가족 구성, 주거 형태, 생활 패턴 등 각 가정의 특성을 고려하지 못한다는 점, 기존 가전제품과의 호환성 문제, 개인화된 서비스 제공의 어려움 등이 지적되었다.

민지는 이 통찰을 바탕으로 새로운 전략 방향을 제시했다. "우리는 '맞춤형 스마트홈' 전략을 펼치는 게 어떨까요? 각 가정의 특성과 needs에 맞는 솔루션을 제공하는 거예요."

팀원들의 얼굴에 생기가 돌았다. 마케팅 담당 김서진이 덧붙였다. "그래요! 우리의 다양한 제품 라인업을 활용하면, 고객별로 최적화된 솔루션을 제공할 수 있을 거예요."

밤을 새워 준비한 새 전략을 들고 민지는 다시 이사회에 섰지만, 예상치 못한 반응에 당황하고 말았다.

"서 대리, 자네 전략은 너무 방어적이야." 김 부사장이 날카롭게 지적했다. "미래전자는 이미 시장을 선점했어. 우리는 더 과감한 전략이 필요해."

민지는 식은땀을 흘리며 대답했다. "네, 하지만 저희가 가진 강점을..."

"강점? 지금은 우리의 약점이 더 문제야!" 다른 이사가 끼어들었다. "소프트웨어와 AI 기술이 부족한 우리가 어떻게 승부를 걸겠다는 거지?"

회의는 결국 민지의 전략을 채택하지 않기로 결정했다. 좌절감에 빠진 민지는 사무실로 돌아왔다.

그때, 강현우 코치에게서 전화가 왔다.

"민지 씨, 오늘 회의 결과 들었어요. 너무 낙담하지 마세요. 이런 상황에서 중요한 건 빠르게 실패하고 배우는 거예요. 지금 카페에서 만날 수 있나요?"

카페에서 만난 강현우는 민지에게 새로운 관점을 제시했다.

"민지 씨, 전략의 방향성은 좋아요. 하지만 몇 가지 허점이 있어요." 강현우의 목소리에는 따뜻함 속에 날카로움이 섞여 있었다.

"첫째, 맞춤형 전략은 비용 증가를 수반합니다. 어떻게 수익성을 확보할 건가요? 둘째, AI 기술력이 부족한 상황에서 어떻게 개인화된 서비스를 제공할 수 있을까요? 마지막으로, 미래전자의 다음 움직임을 예측해 보셨나요? 그들도 가만히 있지 않을 텐데요."

민지는 강현우의 날카로운 지적에 잠시 말문이 막혔다. 하지만 곧 정신을 차리고 대답했다. "네, 정말 중요한 포인트들이에요. 제가 미처 생각하지 못했네요."

강현우는 미소를 지으며 말했다. "자, 그럼 이 문제들을 어떻게 해결할 수 있을지 함께 고민해 봅시다. 먼저, 모듈화 전략을 통해 맞춤형 서비스의 비용을 어떻게 줄일 수 있을까요?"

두 사람은 밤늦게까지 치열한 토론을 이어갔다. 그 과정에서 민지는 자신의 전략을 더욱 정교하게 다듬어 갔다.

모듈화를 통한 맞춤형 서비스: 기본 플랫폼은 표준화하되, 추가 모듈을 통해 개인화

AI 기술 파트너십: 국내 유망 AI 스타트업과의 전략적 제휴

선제적 시장 세분화: 미래전자가 대응하기 어려운 틈새 시장을 먼저 공략

다음 날, 민지는 새롭게 다듬어진 전략을 들고 다시 이사회에 섰다.

"우리의 목표는 '모듈형 맞춤 스마트홈'입니다. 기본 플랫폼은 표준화하여 비용을 절감하고, 추가 모듈을 통해 각 가정의 특성과 needs에 맞는 솔루션을 제공할 것입니다. 또한, AI 기술력 보완을 위해 국내 유망 스타트업 '딥홈'과의 전략적 제휴를 제안합니다. 마지막으로, 미래전자가 간과한 1-2인 가구와 실버 세대를 위한 특화

서비스로 시장을 선점하겠습니다."

이사들의 표정이 밝아졌다. 김 부사장이 말했다. "훌륭해요, 서 대리. 이번에는 정말 설득력 있는 전략이군요. 이 전략으로 가시죠!"

회의가 끝나고, 민지는 안도의 한숨을 내쉬었다. 첫 번째 큰 위기를 넘긴 것이다. 하지만 그녀는 알고 있었다. 이것은 시작에 불과하다는 것을. 미래전자와의 진정한 대결은 이제부터라는 것을.

"기다려라, 나민호. 이번에는 내가 한 수 앞서갈 테니."

민지의 눈에는 승부욕이 불타올랐다. 한국전자와 미래전자의 치열한 경쟁은 이제 막 시작되었다.

2장에서 사용된 주요 프레임워크 설명

PEST 분석

활용 가능한 상황
- 새로운 시장 진입을 고려할 때
- 기업의 중장기 전략을 수립할 때
- 외부 환경 변화가 기업에 미치는 영향을 파악하고자 할 때

목적

PEST 분석은 기업의 거시적 환경을 체계적으로 분석하기 위한 도구입니다. 이를 통해 기업은 외부 환경의 변화를 파악하고 이에 대응할 수 있는 전략을 수립할 수 있습니다.

주요 요소
- Political (정치적 요인): 정부 정책, 규제, 정치적 안정성 등
- Economic (경제적 요인): 경제 성장률, 인플레이션, 환율, 실업률 등
- Social (사회적 요인): 인구 통계, 라이프스타일 변화, 문화적 트렌드 등
- Technological (기술적 요인): 기술 혁신, R&D 활동, 자동화,

기술 인프라 등

적용 예시
- 스마트홈 시장 진출 시 개인정보보호법 강화(P), 경기 침체(E), 재택 시간 증가(S), AI 기술 발전(T) 등을 고려

기대 효과
- 거시적 환경 변화에 대한 체계적 이해
- 잠재적 위험과 기회 요인 식별
- 전략 수립을 위한 기초 자료 확보

포터의 5 Forces 모델

활용 가능한 상황
- 새로운 시장에 진입하려 할 때
- 기존 사업의 경쟁 환경을 재평가해야 할 때
- 산업의 구조적 변화가 예상될 때
- 장기적인 사업 전략을 수립할 때
- 투자 결정을 내려야 할 때

목적
포터의 5 Forces 모델은 산업의 구조를 분석하고 해당 산업 내에서의 경쟁 강도를 평가하기 위한 프레임워크입니다. 이를 통해 기업은 자사의 포지셔닝을 파악하고 경쟁 우위를 확보할 수 있는 전략을 수립할 수 있습니다.

주요 요소
- 기존 경쟁자 간의 경쟁
- 새로운 진입자의 위협
- 대체제의 위협
- 구매자의 교섭력
- 공급자의 교섭력

적용 예시

- 스마트홈 시장에서 미래전자의 신제품 출시로 인한 경쟁 강도 증가, 고객의 협상력 증가 등을 분석

기대 효과
- 산업의 수익성과 매력도 평가
- 경쟁 우위 확보를 위한 전략 수립
- 잠재적 위협 요인 식별 및 대응 방안 마련

이러한 프레임워크들을 적절히 활용함으로써, 기업은 외부 환경과 산업 구조를 체계적으로 분석하고, 효과적인 전략을 수립할 수 있습니다.

3화. 오미자 공주와 편의점

3화: 오미자 공주와 편의점

 나른한 토요일 아침 10시반, 이주영은 동작구의 작은 하숙방에서 눈을 떴다. 늘 바쁘게 살아온 그녀였지만, 주말만큼은 여유를 즐기고 싶었다. 그래도 이 시간이 되니 배속의 밥 시계가 계속 일어나라고 신호를 주고 있었다. 오늘은 친구들과의 별다른 약속도 없어서 머리도 감지 않은 채로 얼굴을 가리는 야구모자를 푹 눌러쓰고 편한 트레이닝 바지에 하얀색 크롭탑 티셔츠 차림이다. 친환경 메리노울 소재의 운동화에 길고 하얀 발을 집어넣고 터덜터덜 집을 나선 그녀는 집 근처 편의점으로 향했다.

한국전자에 입사한 후로는 한동안 편의점을 자주 찾지 않았지만, 그래도 주말이면 이곳이 가끔 그녀의 에너지 충전소 역할을 한다. 편의점에 들어선 주영은 삼각김밥과 컵라면, 바나나우유를 매대에서 골랐다. 계산을 위해 돌아서려는 순간 그녀의 눈에 영롱한 붉은 빛의 오미자 음료가 눈에 띄었다. 한동안 무념 무상의 표정으로 바라보다가 결국 오미자음료를 하나 꺼낸 후 함께 계산대에 올려놨다. 계산을 마치고 편의점 내 식사가 가능한 곳에 자리를 잡은 후 컵라면에 뜨거운 물을 붓고 나서 뚜껑을 닫은 채 잠시 창밖으로 지나가는 행인들을 물끄러미 쳐다보았다. 그러다가 눈에 다시 들어온 오미자 음료병. 그녀는 시골에서 오미자 농사를 짓는 부모님, 그리고 그곳에서의 어린 시절을 떠올렸다.

주영은 2남 1녀 중 막내로, 자연과 가까이 지내며 자랐다. 그 시절의 경험은 그녀의 성격과 가치관 형성에 큰 영향을 미쳤다. 어릴 때부터 그녀는 이미 남다른 관점으로 문제를 바라보고 해결하는 재능을 보였다. 특히 오미자와 관련한 문제 해결에 심취하여 동네 어른들은 어렸을 때 그녀를 오미자 공주라고 불렀다.

어느 날, 주영은 오미자 밭에서 한숨을 쉬는 아버지를 발견했다.
"아빠 아빠, 무슨 일이에요?"
"새들이 오미자를 다 먹어버리는구나. 올해도 수확이 시원찮겠어."
주영은 잠시 생각에 잠겼다. 그날 저녁, 그녀는 집 창고에서 오래된 CD들을 찾아냈다. "아빠, 이걸로 나쁜 새들을 쫓을 수 있어요!"

그녀가 CD를 실로 묶어 만든 기구를 아버지는 오미자나무에 여러개 매달았다. 햇빛에 반사된 CD의 반짝임이 새들을 효과적으로 쫓아냈다. 한동안 잘 쓰긴 했는데 눈부심때문에 어르신들이 뭐라고 하셔서 나중에는 걷어내야 했다.

그리고 어느 날인가는 해충 문제가 불거졌다. 화학 농약을 사용하고 싶지 않았던 주영은 할머니와 이야기 나누며 들은 내용을 떠올려 화학 성분 하나 없는 천연 해충 퇴치제까지 만들었다. 그녀가 마늘, 고추, 식초를 믹서기에 갈아서 만든 스프레이는 생각 이상으로 해충 퇴치에 효과적이었다. 물론 대량 생산에 한계가 있어서 임시처방으로 끝나긴 했지만 말이다.

가을, 지역 축제 때였다. 주영은 오미자의 다양한 활용법을 소개하는 팸플릿을 직접 만들었다. "오미자로 차도 만들고, 잼도 만들고, 심지어 화장품 원료로도 쓸 수 있어요!" 부모님을 돕기 위해 학교에는 현장학습을 나간다고 둘러대고 판매대 뒤에서 일을 돕는 그녀의 당돌하고 자신감에 찬 설명에 많은 사람들이 흥미와 관심을 보였다.

아직까지도 사람들 사이에서 회자되는 그녀의 어린 시절 관련 가장 큰 이야깃거리는 중학생부 발명대회에 출품하려고 만든 고품질 오미자 건조기였다. 허브와 약용 식물의 건조 방식에서 영감을 얻은 주영은 30~45°C의 낮은 온도에서 천천히 건조하는 방법을 고안했다. 처음에는 옥수수 건조법을 응용할 생각을 하였으나 고온으로 대량 건조 방식으로 이루어지는 옥수수 건조 방식은 영양소와 활성 성분을 유지해야 하는 오미자에는 맞지 않았다. 그래서 허브 건조 방식이 더 적합하다고 보고 이 방법으로 오미자의 영양소와 맛을 최대한 보존할 수 있었고, 지역 과학 경진대회에서 입상까지 하게 되었다. 이 제품의 경우도 대량 생산 방식에는 적합하지 않아 상용화까지는 가지 못했지만 그래도 주영이 어린 시절 받은 상 중에서 가장 의미있는 상을 안겨줬기에 그로서 충분하다고 그녀는 위안했다.

마지막으로, 그녀는 오미자 부산물 활용법도 제안했다. 씨앗은 압착해 오일을 추출하고, 껍질은 퇴비로 활용하는 등 자원의 순환 사용을 고안했다. 요즘 같이 친환경 및 자원순환이 중요해진 세상이 아니었기에 당시에는 크게 주목받지 못했지만 말이다. 그녀 입장에서는 시대를 조금 앞서간 느낌이다.

이런 경험들이 주영의 문제 해결 능력과 창의성의 근간이 되었다.

고등학교를 졸업하고 서울로 올라온 그때부터 주영의 삶은 바쁘게 돌아갔다. 서울 소재 대학교에 입학하여 소프트웨어, 특히 컴퓨터 공학을 전공으로 선택했고, 학부 시절에는 철학을 부전공으로 공부하며 인문학적 소양도 쌓았다.

대학 생활은 결코 쉽지 않았다. 등록금은 성적 장학금과 학자금 대출로 해결했지만, 생활비를 벌기 위해 끊임없이 아르바이트를 해야 했다. 과외, 편의점 알바, 중소기업의 프로그램 개발 프리랜서 일까지, 할 수 있는 모든 일을 하며 학교 공부 또한 열심히 했다. 특히 틈틈이 소프트웨어 공모전에도 참가해 보너스 같은 상금을 타는 행운도 가끔 찾아왔다.

"나도 이제 성인이니 나이 드신 부모님께 더는 손 벌리고 싶지 않아." 그녀는 친구들에게 종종 이렇게 말했다. "부모님들이 3남매 키우시느라 이미 충분히 고생 하셨지. 이제는 나도 한 사람 몫을 해야 해."

아뿔싸. 잠시 딴 생각을 하는 사이에 컵라면에 물을 넣은 지 5분이 지났다. 살짝 물에 불은 면발을 휘저은 후 라면과 삼각김밥을 교대로 음미하며 그녀는 한국전자 입사 전 6개월간 아르바이트를 했던 두블럭 건너편의 한 편의점을 떠올렸다. 어찌 보면 그곳에서의 경험이 지금의 그녀를 만들어낸 중요한 전환점이었다.

지금으로부터 딱 1년반 전인 그때 대학원 2학년생이 되며 편의점 아르바이트를 시작한 지 얼마 되지 않아 주영에게 편의점의 여러 문제점들이 새롭게 눈에 띄기 시작했다. 특히 늘 바쁘게 다니시고 아르바이트생들도 잘 챙겨주시는 박 사장님을 돕고 싶은 마음에 대학원생이던 그녀는 하나하나 문제점들을 정리해보기 시작했다.

이주간의 관찰과 메모 끝에 주영은 20개가 넘는 편의점 운영상의 문제를 발견했다. 많아도 너무 많았다. 그래서 각 문제의 시급성과 중요도를 High(높음), Medium(중간), Low(낮음)로 분류해 보기로

했다.

"자, 이제 해결해야 할 문제의 우선순위를 정해볼까." 이주영은 혼잣말을 했다.

그녀는 시급성과 중요도가 모두 High(높음)인 문제들만을 따로 골라냈다.

1. 시험 기간 중 야간 손님 급증으로 인한 재고 관리의 어려움
2. 술에 취한 사람들의 소란 및 안전 문제
3. 식사 시간대 도시락, 샌드위치 등의 수요 급증으로 인한 재고 부족
4. 새벽 시간대 홀로 근무하는 직원의 안전 문제
5. 술, 담배 등의 연령 제한 상품 판매 시 발생하는 갈등

주영은 이 다섯 가지 문제를 놓고 고민했다. "어떤 문제를 해결하는 게 가장 효과적일까? 그리고 내가 잘할 수 있는 건 뭘까?"

그녀는 각 문제의 특성과 해결 가능성을 따져보았다. 술에 취한 학생들의 문제나 직원 안전 문제는 시스템적인 접근보다는 정책이나 외부 협력이 필요해 보였다. 연령 제한 상품 판매 문제 역시 마찬가지였다.

반면, 재고 관리 문제는 그녀의 전공인 컴퓨터 공학과 데이터 분석 능력을 활용할 수 있는 영역이었다. 게다가 이 문제를 해결하면 1번과 3번 문제를 동시에 해결할 수 있었다.

"그래, 재고 관리 문제를 해결해보자." 주영은 결심했다. "데이터를 분석하고 AI를 활용하면, 효과적인 해결책을 찾을 수 있을 거야."

이렇게 아무도 시키지 않았지만 주영의 재고 관리 시스템 개발 프로젝트는 본격적으로 시작되었다. 그녀는 어린 시절 오미자 농장에서 문제를 해결했던 그 열정과 창의성을 이번에도 발휘하기 시작했다. 마치 몸 속에 끓고 있던 마그마가 오랜 시간 동안 숨어있다가 분출되는 느낌이었다.

"사장님, 잠시 드릴 말씀이 있는데요." 여느 때와 마찬가지로 박철수 사장은 중간에 한번 나와서 매장 판매 상황과 재고를 점검하고 들어가려고 하고 있었다.

"그래? 무슨 일인데" 의아함과 호기심이 반반 정도 깃든 표정으로 박 사장은 주영이 있는 카운터쪽으로 몸을 돌렸.

"제가 좀 연구해본 바로는 우리 편의점의 매출과 수익을 늘릴 방법이 있을 거 같아요." 주영이 박 사장에게 또박또박 자신감 있게 말을 건넸다.

"오, 그래? 정말로? 어떤 아이디어이길래?" 김 사장이 몸을 앞으로 기울이며 눈은 호기심으로 반짝였다.

주영은 자신의 계획을 조곤조곤 설명하기 시작했다. 그녀의 눈에는 오미자 열매처럼 영롱한 빛이 서려 있었고, 그 안에는 문제를 해결하겠다는 결연한 의지가 담겨 있었다.

"사장님도 아시다시피 우리 편의점은 대학생들이 중요 고객이다 보니 수요가 변동성이 큰 편이에요. 예를 들어 시험 기간 중 야간 손님이 급증한다거나, 축제때 도시락, 샌드위치 등의 수요가 급증하는 것 같아요." 주영은 잠시 말을 끊고 박 사장의 눈치를 살폈다. "그래 맞아. 그래서 물건이 없어서 못 팔기도 하고, 어떤 때는 물건이 남아서 재고 처분하느라 손해가 심하지" 박 사장도 동의하는 가운데 동시에 그래서 어린 학생에게 무슨 답이 있겠느냐는 눈치다.

주영은 그럴 줄 알았다는 식으로 말을 이어갔다. "제가 그래도 명색이 컴퓨터 관련 학과에서 석사 공부 중이라 데이터만 좀 있으면 대학생들이 주로 먹는 식품의 수요 예측 프로그램을 어렵지 않게 만들어볼 수 있을 거 같아요. 필요한 건 지난 10년간의 우리 편의점의 식품 판매 데이터에요. 저희 대학의 10년간 학사 일정도 필요한 데 이건 제가 따로 수집할 수 있을 것 같고요."

박 사장은 데이터 이야기를 하니 머리가 아파왔다. 그는 IT와는 전혀 관계없는 인생을 살아왔기 때문이다. 그래도 초롱초롱 빛나는 주영의 눈빛을 보면서 조금 의구심은 가지만 더 알아보고 싶어졌다. "그래서 과거 데이터가 있다고 어떻게 미래에 대학생들이 얼마나 김밥을 사 먹을지 알 수 있다는 거지?" 마침 편의점에 손님이 많지 않을 오후 한가한 시간이라 박 사장은 유통기한이 얼마 안 남은 음료수 두 잔을 꺼내 오며 주영을 편의점 창가 자리로 불러 앉히고 자신도 옆에 앉았다.

음료수를 따서 목을 축인 주영은 컴퓨터를 잘 모르는 박 사장님을 위해 최대한 알기 쉽게 설명을 이어나갔다. "데이터가 있으면 이걸 인공지능에 학습을 시킬 수 있어요. 그러면 과거의 패턴을 통해 학사일정만 주어지면 다음주, 또는 다음달에 어떤 상품이 얼마나 팔릴지 대략 예측할 수 있어요."

김 사장은 반신반의했지만, 주영의 열정에 끌렸다. 그리고 만약 예상대로 안된다 하더라도 크게 손해 볼 것도 없었다. 고작해야 일주일, 이주일 정도 약간의 재고 오차만 감내하면 될 것 같았다. 그래서 그는 허락했고 주영의 야심찬 프로젝트는 본격 시작되었다.

몇 주간의 노력 끝에 주영은 AI 기반 수요 예측 모델을 완성했다. 이 모델은 학사 일정, 날씨, 요일 등 다양한 변수를 고려해 일별 추천 재고량까지 산출했다.

"사장님, 이제 이걸로 다음주 필요 재고를 체크해 보세요." 주영이 첫 번째 예측 결과를 건넸다.

처음에는 약간의 시행착오가 있었지만, 점차 효과가 나타나기 시작했다. 재고 부족으로 인한 판매 기회 상실이 줄어들었고, 과다 재고로 인한 폐기 손실 역시 감소했다.

 6개월이 지난 후, 주영은 수요 예측 프로그램을 컴맹인 박 사장님도 쓸 수 있도록 쉽게 만들어 주었다. 이제 이 프로그램은 박 사장의 편의점만이 가진 비밀무기가 되었다. 김 사장은 시키지도 않았고 별다른 보수도 주지 않았는데 편의점을 위해 애써 준 주영에게 마음으로부터의 고마움을 느꼈다. 그리고 그녀가 계획된 6개월간의 아르바이트를 마치고 인사를 나누는 날에 감사의 마음을 전했다. "주영씨, 덕분에 우리 가게가 많이 좋아졌어. 이건 내 작은 감사의 표시야." 그는 하얀 봉투 하나를 건넸다.

 봉투 안에는 100만원과 함께 박 사장이 쓴 손편지가 들어있었다.

 "주영씨에게, 6개월 동안 정말 고마웠어. 주영씨가 만들어준 프로그램 덕분에 우리 가게가 첨단 편의점이 되고 매출과 이익도 많이 늘었어. 이거 하나는 내가 장담할게. 주영씨는 앞으로 분명 큰 인물이 될 거야. 그리고 항상 응원할게 - 박철수 씀"

 주영의 눈시울이 붉어졌다. 그리고 구십도로 인사하며 밝게 외쳤다. "사장님~ 감사합니다! 말씀대로 열심히 해서 대한민국의 훌륭한 인재가 되겠습니다."

 그로부터 몇 개월 후, 주영은 석사 과정 졸업을 앞두고 한창 취업 준비에 동분서주하고 있었다. 그때 핸드폰에 모르는 번호로 전화가 걸려왔다. 받아보니 남자 목소리가 들리며 자신을 편의점 본사의 인사부 과장이라고 자기 소개를 했다. 주영이 일했던 편의점은 가맹점이었고 그는 이를 총괄 관리하는 편의점 프렌차이즈 본사 소속이었다. 본사에서는 꾸준히 가맹 편의점들의 매출이나 수익을 모니터링하고 있는데 주영이 아르바이트를 했던 편의점이 갑자기 매출이 늘고 수익성이 향상되는 추세에 주목했고 그 비결을 알고 싶어 했다. 그래서 본사의 사업부 직원이 현장에 방문해서 편의점을 운영하는 박 사장의 이야기를 통해 주영의 활약상을 전해듣고 이것이 본사의 인사채용 담당자에게까지 전달이 된 것이었다.

때는 바야흐로 11월 중순, 주영이 한국전자 공채에 지원하고 면접까지 치르고 최종 결과를 기다리던 시점이었다. 편의점 본사는 그녀에게 본사의 전산실에 입사하여 판매 관리시스템 재개발 프로젝트에 참여할 수 있는 자리를 제안했다.

주영은 고민에 빠졌다. 편의점에서의 경험은 그녀에게 소중했고, 본사의 제안 자체도 매력적이었다. 하지만 그녀의 꿈은 IT 기술을 이용해 환경과 에너지 문제를 해결하는 것이었다. 이는 자연 속에서 뛰어놀며 자라난 그녀의 어린 시절 경험과 연결되어 있었다. 한국전자의 경우 가전과 통신을 중심으로 사업을 하고 있지만 언젠가는 환경과 에너지 관리쪽으로 확장할 수 있는 기반 기술과 오랜 역사를 가지고 있었다.

고민 중이던 주영에게 마침내 도착한 한국전자의 입사 확정 안내 문자는 더 이상의 고민을 사라지게 했다. 그녀는 제안을 준 편의점 본사 인사담당 과장에게 문자를 적기 시작했다.

"정말 소중한 제안 주신 점 감사드려요." 그녀는 그 다음 문장을 잠시 궁리해본 후 글을 이어갔다. "하지만 저는 IT 기술로 해보고 싶은 조금 다른 목표가 있습니다. 그래서 금번에 입사는 어려울 것 같습니다. - 이주영 드림"

다시 과거의 회상에서 현재로 돌아온 주영은 오미자음료를 다 마시고 빈 병을 바라보았다. 그 속에 담겼던 고향의 맛처럼, 그녀의 가슴속에는 여전히 자연을 사랑하는 마음과 세상을 변화시키고자 하는 열정이 가득했었다. 그래도 주영은 왜 과거의 일들이 토요일 늦은 아침을 해결하는 와중에 떠올랐는지 모르겠다는 표정이다.

주영은 자리에서 일어나 편의점을 나와 잠시 고민했다. 날씨가 너무나 좋아 집으로 바로 돌아가기가 아쉬웠다. "이런 날 집에만 있을 순 없지." 그녀는 결심하고 근처 고수부지로 향했다.

가벼운 조깅을 시작한 주영은 상쾌한 공기를 만끽하며 3km 정도를 내리 달렸다. 숨이 조금 가빠진 그녀는 고수부지에 있는 길 옆 편의점에 들러 시원한 에너지 음료를 샀다. 편의점 근처는 이미 고수부지에 소풍을 온 사람들과 자전거 라이더들로 북적였다. 간신히 파라솔을 하나 차지하고 앉아 그늘에서 음료를 마시며 잠시 휴식을 취하고 있을 때, 그녀의 휴대폰의 메시지음이 울렸다.

화면을 열어보니 두어달 전부터 함께 한 서민지 팀장으로부터 온 메시지였다.

"주영 씨, 오늘 날씨가 너무 좋아서 저는 인왕산에 올라왔어요. 정상에서 서울을 둘러보다 문득 우리 팀원들 생각이 나더라고요. 특히 주영 씨가 생각나서 연락해봤어요. 이런 날 밖에서 운동도 하고 즐거운 시간 보내요. 그리고 우리 팀의 일원이 되어줘서 고마워요."

메시지와 함께 디저트와 커피 세트 기프티콘이 첨부되어 있었다.

이주영은 득템을 한 기분으로 환하게 미소 지었다. 그리고 처음 민지를 만났을 때가 떠올랐다. '아무리 내가 신입사원이지만 나이 2살 많은 어린 팀장이라니, 정말 믿고 따를 수 있을까?' 그때는 그렇게 약간의 의구심을 품었다. 하지만 몇 달간 함께 일하면서 민지의 리더십과 열정을 직접 경험하고 나니, 이제는 깊은 신뢰와 존경심을 갖게 되었다.

주영은 가지고 있는 이모티콘 중에서 가장 크고 대문짝만한 인사 용도 이모티콘을 찾아서 문자와 함께 답장을 보냈다. "감사합니다~ 팀장님. 그렇지 않아도 지금 저도 조깅중인데 잘 먹을게요."

자리에서 일어난 주영의 얼굴에는 환한 미소가 번졌다. 그녀는 천천히 집 방향을 향해 달리기 시작했다. 오늘의 즐거운 휴식과 과거의 회고, 그리고 민지 팀장의 팀원에 대한 애정 가득한 메시지가 그녀에게 새로운 에너지를 불어넣어 주었다.

4화. 고객의 마음을 사로 잡아라

4화: 고객의 마음을 사로잡아라

한국전자의 '모듈형 맞춤 스마트홈' 전략이 승인된 지 한 달. 민지와 그녀의 팀은 전략 실행을 위한 준비에 박차를 가하고 있었다. 그러던 어느 날 아침, 민지의 책상 위 모니터에 충격적인 뉴스가 떴다.

"미래전자, AI 음성비서 '미래야' 출시... 사용자 만족도 98% 기록"

민지는 얼어붙은 듯 모니터를 응시했다. 그때 강현우 코치에게서 전화가 왔다.

"민지 씨, 뉴스 봤죠? 우리 지금 당장 만나야겠어요."

카페에서 만난 강현우는 민지에게 날카로운 질문을 던졌다. "민지 씨, 우리가 고객에 대해 얼마나 알고 있다고 생각해요? 정말 그들이 원하는 게 뭔지 알고 있나요?"

민지는 잠시 말문이 막혔다. 그녀는 지금까지 자신들의 전략이 고객 중심이라고 생각했지만, 강현우의 질문에 확신이 흔들렸다.

"알고 있다고 생각했는데, 곰곰히 생각해보니. 아직... 부족한 것 같습니다," 민지가 조심스레 대답했다.

강현우는 고개를 끄덕였다.

"맞아요. 거시적 전략도 중요하지만 우리는 지금 당장 고객의 목소리에 귀기울여야 해요. 아무리 마음이 급하더라도 생각을 비우고 원점에서 고객 세그멘테이션부터 다시 시작해봐요."

다음 날, 민지는 팀원들을 모아 긴급 회의를 소집했다. "여러분, 우리는 지금부터 철저한 고객 분석을 시작할 겁니다. 먼저 고객 세그멘테이션부터 시작해요."

팀은 다양한 기준으로 고객을 세분화하기 시작했다. 며칠간의 집중적인 분석 끝에 다음과 같은 주요 세그먼트를 도출했다.

1. 테크 세비 밀레니얼 1인 가구
2. 맞벌이 부부와 어린 자녀
3. 편안함을 추구하는 액티브 시니어
4. 홈 오피스 전문직
5. 에코 콘셔스 가족
6. 보안 중시 도시 거주자

민지는 각 세그먼트별 대표적인 페르소나를 만들고, 그들의 일상을 추적하는 '고객 여정 맵'을 그리기 시작했다.

"자, 이제 각 고객이 아침에 일어나는 순간부터 잠들 때까지의 모든 순간을 상상해봐요. 어떤 불편함을 겪고, 어떤 순간에 기쁨을 느낄까요?"

팀원들은 열정적으로 아이디어를 쏟아냈다. 화이트보드는 금세 다양한 고객들의 일상과 그들이 겪는 문제점들로 가득찼다.

민지는 각 세그먼트별 주요 문제점들을 정리했다.

테크 세비 밀레니얼 1인 가구:
- 빠른 기기 업그레이드로 인한 호환성 문제
- 개인정보 보호와 편리성 사이의 균형

맞벌이 부부와 어린 자녀:
- 원격으로 자녀 안전 확인 및 관리의 어려움
- 복잡한 일정 관리와 가사 분담의 어려움

편안함을 추구하는 액티브 시니어:
- 복잡한 인터페이스로 인한 사용의 어려움
- 건강 모니터링과 응급 상황 대응 필요성

홈 오피스 전문직:
- 업무와 개인 생활의 경계가 모호해지는 문제
- 화상 회의 시 배경 소음, 조명 등 환경 관리의 어려움

에코 콘셔스 가족:

- 에너지 사용량 최적화의 어려움
- 친환경 제품 선택과 관리의 복잡성

보안 중시 도시 거주자:

- 빈번한 외출로 인한 홈 보안 걱정
- 택배, 방문자 관리의 불편함

이 문제점들을 나열한 후, 민지는 팀원들과 열띤 토론을 시작했다.

"여러분, 이 문제점들 중에서 우리가 가장 잘 해결할 수 있는 것은 무엇일까요? 그리고 어떤 문제가 해결되면 고객들에게 가장 큰 가치를 줄 수 있을까요?"

마케팅 담당 김서진이 먼저 입을 열었다.

"제 생각에는 맞벌이 부부의 문제가 가장 시급해 보여요. 특히 자녀 관리와 일정 조율 문제는 정말 큰 스트레스 요인이죠."

"동의합니다," UX 디자이너 박지원이 거들었다.

"하지만 이 문제는 단순히 기술적 해결책만으로는 부족할 것 같아요. 부모와 자녀 간의 소통을 어떻게 자연스럽게 만들 수 있을지가 관건이에요."

연구원 이주영이 의견을 보탰다.

"저는 홈 오피스 전문직의 문제도 중요하다고 봐요. 소규모 기업 또는 스타트업의 업무 방식으로 재택근무가 점차 받아들여지면서 이 세그먼트가 앞으로 크게 성장할거 같거든요."

토론이 한창일 때, 강현우 코치가 회의실에 들어왔다. 그는 잠시 토론을 경청한 후 질문을 던졌다.

"여러분, 좋은 의견들이네요. 그런데 한 가지 물어보고 싶어요. 이 문제들 중 어떤 것이 미래전자의 '미래야'로는 해결하기 어려운 문제일까요?"

민지는 잠시 생각에 잠겼다. 그리고 번뜩이는 아이디어가 떠올랐다.

"그래요! 우리가 주목해야 할 건 단순히 음성 명령으로 해결할 수 없는 문제들이에요. 예를 들어, 맞벌이 부부의 자녀 관리 문제나 홈 오피스의 업무 환경 최적화 같은 건 복합적인 솔루션이 필요하죠."

강현우가 고개를 끄덕였다.

"정확해요. 그럼 이제 그 문제들을 어떻게 해결할 수 있을지 구체적으로 생각해 봅시다."

팀은 다시 열띤 토론에 빠졌고, 마침내 '스마트 라이프 오케스트레이터'라는 혁신적인 UX 컨셉을 도출했다. 이 시스템은 다음과 같은 특징을 가지고 있었다.

1. AI 기반 상황 인식: 가족 구성원의 위치, 일정, 건강 상태 등을 실시간으로 파악
2. 예측적 자동화: 과거 패턴을 분석해 필요한 작업을 선제적으로 수행
3. 맥락 기반 인터페이스: 상황에 따라 가장 적절한 방식(음성, 텍스트, 비주얼 등)으로 정보 제공
4. 크로스 디바이스 연동: 모든 기기에서 끊김 없는 경험 제공
5. 프라이버시 세이프가드: 사용자가 각 기능의 프라이버시 수준을 세밀하게 조절 가능

이 컨셉을 바탕으로 팀은 프로토타입 개발에 착수했다. 그러나 개발 과정에서 예상치 못한 기술적 난관에 부딪혔다. AI의 정확도가 기대에 미치지 못했고, 크로스 디바이스 연동에서 심각한 지연 문제가 발생했다.

민지는 큰 충격에 빠졌다. "어떻게 이런 일이... 우리가 너무 서둘렀나요?"

그때 강현우 코치가 다시 질문했다. "민지 씨, 이런 실패는 당연해요. 중요한 건 이걸 어떻게 극복하느냐예요. 고객의 관점에서 다시 생각해봐요. 그들에게 정말 중요한 건 뭘까요?"

민지는 잠시 생각에 잠겼다. 그리고 번뜩이는 아이디어가 떠올랐다.

"그래요! 고객에게 가장 중요한 건 '기술'이 아니라 '신뢰'예요. 그동안 너무 기술적 목표에만 집착했던 것 같아요. 그보다는 우리가 이 고객의 문제를 어떻게 해결하는지가 더 중요한 거죠."

민지는 즉시 행동에 나섰다. 그녀는 기술팀을 보완하는 것 외에도 고객들에게 해결하고자 하는 고객의 문제 상황을 설명하고, 해결 방법을 찾는 과정에 고객들을 참여시켰다. 이 과정에서 고객들의 신뢰를 얻었을 뿐만 아니라, 요구되는 기술 수준은 더 낮지만 오히려 고객 가치는 더 높은 시스템을 개발할 수 있었다.

결국 '스마트 라이프 오케스트레이터'는 성공적으로 출시되었고, 시장의 뜨거운 반응을 얻었다.

"한국전자, 혁신적인 스마트홈 시스템 출시... 고객 만족도 99% 달성"

뉴스를 보며 민지는 깊은 안도의 한숨을 내쉬었다. 그녀는 이번 경험을 통해 진정한 고객 중심 전략의 의미를 깨달았다. 또 다른 좋은 소식도 전해졌다. 회사에서는 새로운 돌파구를 마련하는 데 큰 역할을 한 그녀를 전격적으로 과장으로 승진시켰다.

강현우가 민지에게 말했다.

"잘했어요, 민지 씨. 하지만 이건 시작일 뿐이에요. 미래전자는 이미 다음 움직임을 준비하고 있을 거예요."

민지는 고개를 끄덕였다.

"네, 알고 있어요. 우리도 계속 앞서나가야 해요."

그녀의 눈에는 다음 도전을 향한 결의가 빛났다. 한국전자와 미래전자의 치열한 경쟁은 새로운 국면을 맞이하고 있었다.

4장에서 사용된 주요 프레임워크 설명

고객 세그멘테이션 (Customer Segmentation)

목적
고객 세그멘테이션은 전체 시장을 유사한 특성을 가진 소그룹으로 나누는 과정입니다. 이를 통해 기업은 각 고객 그룹의 특정 니즈에 맞는 제품이나 서비스를 개발하고, 효과적인 마케팅 전략을 수립할 수 있습니다.

주요 요소
- 인구통계학적 요소 (나이, 성별, 소득 등)
- 지리적 요소 (거주 지역, 도시/농촌 등)
- 심리적 요소 (라이프스타일, 가치관 등)
- 행동적 요소 (구매 패턴, 브랜드 충성도 등)

활용 가능한 상황
- 신제품 개발 시 목표 고객 설정
- 마케팅 캠페인 기획
- 고객 맞춤형 서비스 설계
- 시장 진입 전략 수립

적용 예시

스마트홈 시장에서:
- 테크 세비 밀레니얼 1인 가구
- 맞벌이 부부와 어린 자녀
- 편안함을 추구하는 액티브 시니어
- 홈 오피스 전문직
- 에코 콘셔스 가족
- 보안 중시 도시 거주자

기대 효과
- 효과적인 자원 배분
- 고객 만족도 증가
- 신규 시장 기회 발견
- 경쟁 우위 확보

고객 여정 맵 (Customer Journey Map)

목적
고객 여정 맵은 고객이 제품이나 서비스를 인지하고 구매하며 사용하는 전체 과정을 시각화하는 도구입니다. 이를 통해 기업은 고객 경험의 전체 맥락을 이해하고 개선점을 찾을 수 있습니다.

주요 요소
- 고객 행동 단계 (인지, 고려, 구매, 사용, 추천 등)
- 고객의 생각과 감정
- 접점 (Touchpoints)
- 고객 고충 (Pain points)와 기회
- 백스테이지 프로세스

활용 가능한 상황
- 신제품 또는 서비스 개발
- 기존 고객 경험 개선
- 마케팅 및 영업 전략 수립
- 고객 서비스 품질 향상

적용 예시
스마트홈 사용자의 하루:
- 기상 (AI가 최적의 기상 시간에 알림)

- 아침 루틴 (자동화된 커피 머신, 뉴스 브리핑)
- 출근 준비 (날씨에 맞는 옷 추천, 교통 정보 제공)
- 외출 (자동 보안 시스템 작동)
- 귀가 (얼굴 인식으로 자동 문열림, 최적 실내 환경 설정)
- 저녁 식사 (냉장고 내용물 기반 레시피 추천)
- 취침 준비 (수면에 optimal한 환경 조성)

기대 효과
- 고객 중심 사고 강화
- 부서 간 협업 촉진
- 서비스 개선 포인트 식별
- 고객 만족도 및 충성도 증가

이러한 프레임워크들을 적절히 활용함으로써, 기업은 고객에 대한 깊이 있는 이해를 바탕으로 더 나은 제품과 서비스를 개발하고 제공할 수 있습니다.

5화. 쉼표(Shimpyo), 새로운 시작

5화: 쉼표(Shimpyo), 새로운 시작

 홍대의 좁은 골목길, 오래된 간판 아래 자리 잡은 '메이플 카페'는 한때 이 거리의 명소였다. 하지만 최근 들어 카페는 점점 활기를 잃어갔다.

 어느 화요일 저녁, 민지는 평소처럼 카페에 들렀다. 문을 열자 익숙한 커피 향과 함께 한숨 소리가 들렸다.
 "아, 민지 씨. 어서 오세요." 김유나 사장의 목소리에는 피곤함이 묻어났다.

민지는 걱정스러운 표정으로 물었다. "사장님, 무슨 일 있으세요? 요즘 들어 부쩍 힘들어 보이세요."

김 사장은 잠시 망설이다 대답했다. "실은... 카페가 좀 어려워요. 손님도 줄고, 새로 생긴 프랜차이즈에 밀리고..."

그는 잠시 말을 멈추고 서랍에서 무언가를 꺼냈다. 그것은 한 장의 명함이었다.

"한 달 전에 오랜 단골 손님이 왔었어요. 그 분도 제 고민을 들으시더니... 차라리 장사를 접는 게 나을 수도 있다고 하더라고요."

김 사장은 민지에게 명함을 건넸다. 민지는 명함을 받아들고 눈을 크게 떴다. 거기에는 '나민호, 미래전자'라고 적혀 있었다.

지금으로부터 한 달 전, 오랜만에 카페를 찾은 단골손님이 있었다. 미래전자의 나민호였다. 그는 학창 시절부터 이 카페를 즐겨 찾았지만, 바쁜 직장 생활 탓에 최근에는 발길이 뜸해졌다. 그래서 지난해부터 이 카페의 단골이 된 민지와 마주칠 기회가 없었던 거다.

"어, 사장님. 오랜만이에요." 나민호가 익숙한 미소로 인사했다.

김 사장은 오랜 단골을 만나 환하게 미소지었다. "아이고, 민호 씨. 정말 오랜만이네요. 요즘 바빠서 못 오는 줄 알았어요."

나민호는 주변을 둘러보았다. 예전의 활기찬 모습은 온데간데없고, 다소 썰렁한 분위기마저 감돌았다.

"사장님, 그동안 자주 못 들러 죄송해요. 그런데 요즘 장사는 어떠세요?" 나민호가 조심스럽게 물었다.

김 사장은 한숨을 내쉬었다. "아이고, 말도 마세요. 요즘 장사가 영..."

나민호는 잠시 생각을 하고 나서 입을 열었다. "사장님, 제가 오랜만에 뵌 김에 상담 좀 드려볼까요?"

김 사장은 가만히 고개를 끄덕였다.

"솔직히 말씀드리면," 나민호가 말을 이었다. "이 카페는 정감 있고 좋아서 저 같은 사람들에게는 좋긴 한데요." 그는 잠시 뜸을 들이고 나서 말을 이어갔다. "홍대라는 상권을 찾는 젊은 사람들이 추구하는 요즘 트렌드와는 좀 맞지 않는 부분이 있긴 한 것 같아요"

"그래요?" 김 사장의 표정이 어두워졌다.

나민호는 아랑곳없이 설명을 이어갔다. "대기업 프랜차이즈나 대형 베이커리 카페들이 자본력으로 시장을 잠식하고 있어요. 특히 저가 카페와 고급 스페셜티 카페로 시장이 양분되면서 그 중간 어딘가에 위치한 카페들은 시장이 줄어들고 어려운 상황이에요."

김 사장은 깊은 한숨을 내쉬었다. "그렇군요... 그럼 어떻게 해야 할까요?"

나민호는 잠시 크게 숨을 들이키고 나서 말했다. "만약 제가 사장님 입장이라면 더 늦기 전에 이쯤에서 현재의 카페를 정리할 것 같아요. 상권의 고객층과도 적합성이 떨어지고 경쟁도 심해져서 앞으로가 더 문제라고 생각합니다. 물론 카페를 브런치나 샐러드바 같은 레스토랑처럼 운영할 수도 있겠지만, 커피가 아닌 요리까지 배워야 하니 그것도 쉽지는 않으실 거예요."

김 사장의 표정이 더욱 어두워졌다. 나민호는 너무 솔직하게 이야기한 게 약간 미안했는지 주섬주섬 명함을 꺼내 건넸다.

"혹시라도 고민하시다가 제 조언이 더 필요하시거든 연락주시고요."

나민호가 떠난 후, 김유나 사장은 깊은 생각에 잠겼다. 그의 말이 맞다는 걸 알면서도, 쉽게 포기할 수 없었다. 이 카페는 그의 청춘과 열정이 깃든 곳이었으니까.

그로부터 한 달 후, 또 다른 단골손님인 민지가 카페를 찾았다.

'나민호가 이 카페 단골이었다고?' 민지는 깜짝 놀랐다. 하지만 티 나지 않게 담담한 표정을 지으며 침착하게 물었다. "그렇군요... 그래서 사장님은 어떻게 하실 생각이세요?"

김 사장은 한숨을 쉬었다. "아직 결정을 못 했어요. 이 카페에 제 청춘을 바쳤는데... 쉽게 포기하고 싶지 않아요."

민지는 명함을 돌려주며 결심했다. 나민호의 조언과는 달리, 그녀는 이 카페를 살릴 수 있는 방법이 있을 거라 믿었다. 그리고 그녀는 그 일을 도와야겠다고 마음먹었다.

"사장님," 민지가 조심스럽게 입을 열었다. "괜히 나서는 것 같지만 괜찮으시다면 제가 도와드리고 싶은데요. 사실 저는 월급쟁이지만 경영을 조금은 공부해서 퇴근후 컨설턴트로 활용하실 수 있거든요."

김 사장의 눈이 커졌다. "정말요? 그렇다면... 조언 좀 해주시겠어요?"

민지는 미소를 지으며 고개를 끄덕였다. "네, 물론이죠. 함께 이 카페를 멋지게 살릴 방법을 찾아보아요."

그 순간, 민지의 마음속에는 강한 의지가 솟아올랐다. 나민호씨의 분석이 틀리지 않았다는 것을 그녀도 알고 있었다. 하지만 그녀는 이 카페만의 특별한 가치를 찾아 새로운 길을 개척할 수 있을 거라 믿었다. 그리고 그 과정에서 자신의 능력 역시 발전시키고 싶었다.

"자, 그럼 시작해볼까요?" 민지가 노트북을 꺼내며 말했다. "먼저 문제의 근본 원인을 찾아보아요. '5 Whys' 기법을 사용해 볼 거예요."

"5 Whys요?" 김유나 사장은 고개를 갸웃거렸다.

"네, 문제의 원인을 계속해서 '왜?'라고 물어보는 거예요. 해보시면 재미있을 거에요. 자, 시작해 볼까요?"

민지: "왜 단골 고객들이 떠나가고 있나요?"

김 사장: "음... 새로 생긴 카페들이 더 매력적인 것 같아요."

민지: "왜 다른 카페들이 더 매력적일까요?"

김 사장: "다양한 경험을 제공하는 것 같아요. 단순히 커피만 파는 게 아니라…"

민지: "왜 우리는 다양한 경험을 제공하지 못하나요?"

김 사장: "그동안 오래 이 일을 해오다 보니 카페를 단순히 맛있는 음료를 제공하는 공간으로만 생각했던 것 같아요."

민지: "네…왜 그렇게 생각하셨을까요?"

김 사장: "음... 카페의 그밖의 가능성을 고민하지 않았어요."

민지: "왜 그밖의 가능성을 고민하지 않았나요?"

김 사장: (잠시 생각하다) "그냥... 오랫동안 고정 관념에 머물러 있었던 것 같아요."

민지는 만족스러운 표정으로 고개를 끄덕였다. "바로 이거예요, 사장님. 우리가 카페에 대한 고정 관념에 갇혀 있었던 거죠."

김 사장은 잠시 말이 없더니 숨을 길게 내쉬었다. 일견 깊은 깨달음을 얻은 듯했다. 잠시 부드러운 미소가 떠올랐지만 이내 다시 미소가 희미해졌다. "그렇군요... 그럼 이제 어떻게 해야 할까요?"

민지는 미소 지으며 말했다. "우리 카페만의 특별한 가치를 만들어야 해요. 그러려면 먼저 우리 고객들을 이해해야 해요. 이 근처 지역에 오는 젊은 사람들의 생각과 니즈를요. 사장님, 2주 동안 이 세 가지를 함께 조사해 보면 어떨까요? 첫째, 홍대를 찾는 젊은 고객층의 특성과 니즈. 둘째, 홍대 지역 아티스트들의 현황과 무엇을 원하는지. 셋째, 요즘 젊은 세대가 특별히 관심을 갖는 요소들이에요."

2주 후, 그들은 다시 만났다. 김 사장과 민지는 열정적으로 서로의 조사 결과를 공유했다.

이에 대한 내용을 종합해 보면 다음과 같았다. "젊은층은 환경에 정말 관심이 많더라고요. 제로웨이스트 운동에 참여하는 사람들도 많고요. 그리고 아티스트들은 작품을 선보일 공간이 부족하다고 해요. MZ세대는 특히 가치 소비에 관심이 많아요. 윤리적이고 환경친화적인 브랜드를 선호하더라고요."

민지의 눈이 반짝였다. "됐어요~ 무언가 손에 잡힐 것 같아요. 이걸로 우리 카페의 새로운 정체성을 만들 수 있을 것 같아요."

그들은 머리를 맞대고 아이디어를 나누기 시작했다. 친환경, 예술, 커뮤니티라는 키워드가 떠올랐다.

"카페 이름도 바꿔야 할 것 같아요." 김 사장이 말했다.

민지는 잠시 생각에 잠겼다가 말했다. "'쉼표'는 어떨까요? 바쁜 일상 속에서 잠시 쉬어갈 수 있는 공간이란 의미로요."

"오, 좋은데요! 그럼 구체적으로 어떤 컨셉으로 가죠?"

민지는 설명을 이어갔다. "주중에는 '쉼(휴식) X 친환경', 주말에는 '함(연결) X 커뮤니티'로 가는 거예요. 그리고 상시로 아티스트

작품 전시를 하는 거죠."

김 사장의 눈이 커졌다. "와, 대박이에요! 근데 이게 정말 돈이 될까요?"

민지는 잠시 생각에 잠긴 뒤 미소 지으며 자신 있게 고개를 끄덕였다. "네, 충분히 가능해요. 수익 모델을 현재보다 다변화할 수 있겠어요."
그녀는 노트북을 켜고 수익 모델을 설명하기 시작했다.

1. 기본 판매 수익: 음료, 베이커리, 원두, 자체 제작 친환경 굿즈
2. 아티스트 협업 수익: 전시 중인 작품 판매 수수료 (20%)
3. 공간 활용 수익: 주말 커뮤니티 공간 대여
4. 멤버십 수익: 강연회 참석 우선권, 공간 대여 및 제품 할인 혜택 제공

"이렇게 하면 단순히 커피만 파는 것보다 훨씬 다양한 수익원을 확보할 수 있어요."

김 사장은 감탄했다. "정말 대단해요, 민지 씨. 그럼 이제 어떻게

시작하죠?"

민지는 차분히 실행 계획을 설명했다. "먼저 리사이클링 아티스트를 섭외하고, 북클럽을 유치해야 해요. 그리고 카페 공간도 쉼과 함에 맞게 리모델링해야 하고요."

그들은 바로 실행에 옮겼다. 민지는 홍대의 유명 리사이클링 아티스트 '그린핑거스'를 찾아갔다.

"안녕하세요, 저희가 준비 중인 '쉼표' 카페에 작가님의 작품을 전시하고 싶어서 왔어요."

그린핑거스는 흥미롭다는 듯 고개를 끄덕였다. "재미있는데요? 어떤 컨셉인지 더 자세히 말씀해 주시겠어요?"

민지가 카페의 새로운 비전을 설명하자 그린핑거스의 눈이 반짝였다. "멋진 아이디어네요. 전시해 드리죠. 더 나아가 '쉼표'만을 위한 특별 작품도 만들어 드릴게요."

한편 김 사장은 지역의 독립 서점 '책과 말랑'과 접촉해 북클럽을 유치하는 데 성공했다.

리모델링도 시작되었다. 가벽을 허물고 천장을 배관이 보이도록 걷어내자 카페는 훨씬 더 넓고 높게 개방적으로 변했다. 곳곳에 식물을 배치하고 이동형 대나무 파티션을 설치하니 한층 더 아늑하면서도 세련된 분위기가 연출되었다. 한쪽 구석에는 작은 젠 가든도 만들어졌다. 이동형 파티션은 주중에는 쉼을 위해 각자의 공간을 분리하고 주말중에는 커뮤니티 모임과 카페 기능의 분리를 위해 쓰기로 했다.

"와, 정말 달라졌어요!" 민지가 감탄했다.

김 사장은 뿌듯한 표정을 지었다. "그렇죠? 이제 정말 '쉼표' 같아요."

드디어 오픈 날이 다가왔다. 그린핑거스의 작품이 벽면을 장식했고, 북클럽 회원들이 한쪽에서 열띤 토론을 벌이고 있었다. 리사이클링 포장재에 제로 웨이스트 제품을 전시하고 판매하는 공간에 온 손님들의 반응도 좋았다.

"이게 정말 우리 카페 맞나요?" 김 사장이 믿기지 않는다는 듯 물었다.

민지는 미소 지으며 대답했다. "네, 맞아요. 우리가 함께 만든 새로운 '쉼표'예요."

그때 한 손님이 다가와 말했다. "여기 정말 좋네요. 편하게 쉴 수 있으면서도 뭔가 특별한 게 있어요. 멤버십 안내문을 봤는데 가입은 어떻게 하나요?"

김 사장과 민지는 서로를 바라보며 환하게 웃었다. 그들은 알고 있었다. 이것이 단순한 변화가 아니라 새로운 시작이라는 것을.

몇 달 후, '쉼표'는 홍대의 핫플레이스로 자리 잡았다. 친환경 컨셉과 아티스트 지원, 다양한 커뮤니티 활동으로 입소문이 났고, 매출은 꾸준히 상승했다.

"민지 씨, 정말 고마워요. 민지씨 도움이 없었다면 이런 변화는 상상도 못했을 거예요." 김 사장이 진심을 담아 말했다.

민지는 미소 지으며 대답했다. "아니에요, 사장님. 이건 우리가 함께 이뤄낸 거예요. 사장님의 용기와 실행력이 없었다면 불가능했을 거예요."

카페를 나서는 민지의 발걸음이 가벼웠다. 그녀는 뒤돌아 '쉼표'를 바라보았다. 창문 너머로 활기찬 실내가 보였다. 민지는 생각했

다. '때론 작은 변화가 큰 차이를 만들어내지. 그리고 그 변화는 우리 모두의 힘으로 만들어지는 거야.'

그렇게 '쉼표'의 새로운 이야기가 시작되었다. 홍대의 작은 골목, 바쁜 일상 속 진정한 쉼표 같은 존재로 자리 잡아가는 그들의 이야기가. 그리고 이 경험은 민지에게도 큰 배움이 되었다. 이론적 지식을 현실에 적용하는 과정, 그리고 사람들과 협력하여 변화를 만들어내는 과정은 그녀의 컨설턴트로서의 역량뿐 아니라 사람을 돕는다는 것의 행복감을 깨닫게 해주었다.

'쉼표'는 단순한 카페 그 이상이었다. 그곳은 예술가들의 꿈을 펼치는 공간이자, 환경을 생각하는 사람들의 아지트였고, 다양한 이야기가 오가는 커뮤니티의 중심이었다. 그리고 무엇보다, 바쁜 일상 속에서 잠시 쉬어갈 수 있는, 말 그대로의 '쉼표'였다.

5장에서 사용된 주요 프레임워크 설명

5 Whys 분석

활용 가능한 상황
- 문제의 근본 원인을 파악하고자 할 때
- 복잡한 문제를 단순화하여 이해하고자 할 때
- 표면적인 증상이 아닌 실제 문제를 해결하고자 할 때
- 팀 내에서 문제 해결 방식에 대한 합의가 필요할 때
- 지속적인 개선 활동의 일환으로 사용할 때

목적
5 Whys 분석은 문제의 근본 원인을 체계적으로 파악하기 위한 기법입니다. 표면적인 문제에서 시작하여 연속적으로 "왜?"라는 질문을 던짐으로써 더 깊은 차원의 원인을 발견하고 해결책을 도출할 수 있습니다.

주요 요소
- 문제 정의: 분석하고자 하는 문제를 명확히 정의합니다.
- 첫 번째 "왜?": 문제가 발생한 이유에 대해 첫 번째 질문을 합니다.
- 연속적인 "왜?": 이전 답변에 대해 계속해서 "왜?"라고 질문합

니다.
- 근본 원인 도출: 일반적으로 5번의 "왜?"를 통해 근본 원인에 도달합니다.
- 해결책 모색: 파악된 근본 원인을 바탕으로 해결책을 도출합니다.

적용 예시

카페의 매출 감소 문제:
- 왜 매출이 감소했나요? → 손님이 줄었어요.
- 왜 손님이 줄었나요? → 새로운 카페에 고객을 뺏겼어요.
- 왜 고객을 뺏겼나요? → 우리 카페만의 특별함이 없어요.
- 왜 특별함이 없나요? → 카페의 새로운 가치를 창출하지 못했어요.
- 왜 새로운 가치를 창출하지 못했나요? → 고객 니즈 변화를 파악하지 못했어요.

기대 효과
- 문제의 근본 원인 파악
- 효과적이고 지속 가능한 해결책 도출
- 팀원 간 문제에 대한 공통된 이해 형성
- 시스템적 사고 능력 향상
- 재발 방지를 위한 장기적 대책 수립

5 Whys 분석을 통해 기업은 표면적인 문제 해결에 그치지 않고, 근본적인 원인을 파악하여 더 효과적이고 지속 가능한 해결책을 찾을 수 있습니다. 이는 단기적인 문제 해결뿐만 아니라 장기적인 조직의 개선과 발전에도 도움이 됩니다.

6화. 내부에서 답을 찾다

6화: 내부에서 답을 찾다

'스마트 라이프 오케스트레이터'의 성공적인 출시 이후, 한국전자는 새로운 활력을 되찾는 듯했다. 그러나 민지는 이 순간에도 긴장의 끈을 놓지 않았다. 그녀는 미래전자가 곧 반격해 올 것임을 직감하고 있었다.

그러던 어느 날, 민지의 예감은 현실이 되었다. 미래전자가 파격적인 조건으로 한국전자의 핵심 인재들을 스카우트하기 시작한 것이다.

"과장님, 큰일 났습니다!" 팀원 이주영이 급하게 민지의 사무실로 뛰어들었다. "R&D팀의 김 박사님과 마케팅팀의 이 부장님이 사직서를 제출했대요. 미래전자로 간다고…"

민지는 충격에 빠졌다. 두 사람 모두 한국전자의 핵심 인재였다. 특히 김 박사는 '스마트 라이프 오케스트레이터'의 핵심 기술을 개발한 장본인이었다.

"주영씨, 지금 당장 HR팀장님께 연락해 주세요. 그리고 가장 가까운 시기에 열리는 임원 회의 일정도 체크해주세요."

HR팀장 박성준이 민지의 사무실로 서둘러 왔다. "서 과장, 들었습니다. 우리도 이 상황을 예의주시하고 있었어요. 이미 몇 가지 대책을 준비 중입니다."

민지는 안도의 한숨을 내쉬었다. "다행이네요. 어떤 대책들인지 들어볼 수 있을까요?"

박 팀장은 고개를 끄덕이며 설명을 시작했다. "먼저, 핵심 인재들에 대한 특별 보상 패키지를 준비하고 있습니다. 또한, 경력 개발 프로그램을 강화하고, 워라밸을 개선하기 위한 방안도 검토 중이에요."

민지는 잠시 생각에 잠겼다. "좋은 방안들이에요. 하지만 뭔가 부족한 것 같아요. 우리가 놓치고 있는 게 있을 것 같은데..."

민지는 퇴근 시간이 지났음에도 불구하고 회사 근처 카페에 앉아 있었다. 머릿속은 온통 최근의 인재 유출 문제로 가득 찼다. 그때 익숙한 목소리가 들려왔다.

"서 과장님, 이 시간까지 계셨네요?"

고개를 들어보니 마케팅팀의 김서진 과장이었다. 민지는 피곤한 미소를 지으며 고개를 끄덕였다.

"김 과장님은 퇴근하시나 보네요. 혹시 시간 되면 잠깐 앉으실래요?"

서진은 흔쾌히 동의하고 자리에 앉았다. 두 사람은 잠시 침묵 속에서 각자의 음료를 마셨다.

"요즘 회사 분위기가 심상치 않죠?" 서진이 먼저 입을 열었다.

민지는 깊은 한숨을 내쉬었다. "네, 걱정이 많아요. 그런데 우리가 뭔가를 놓치고 있는 것 같아서요."

"이런 말 해도 될런지 모르겠지만 사실... 저도 미래전자에서 제안을 받았어요." 서진의 말에 민지는 놀라 고개를 들었다.

"김 과장님 도요? 그럼... 어떻게 하실 건가요?"

서진은 잠시 머뭇거리다 대답했다. "아직 결정하지 않았어요. 솔직히 고민이 되긴 해요. 더 나은 조건이라 끌리지만... 한국전자에 대한 애착도 아직은 크거든요."

민지는 진지한 표정으로 물었다. "김과장님이 생각하는 이상적인 회사 생활은 어떤 건가요?"

"음... 제 아이디어를 마음껏 펼칠 수 있고, 동시에 개인의 삶도 존중받는 곳이요. 일과 삶의 균형, 성장의 기회... 이런 것들이 중요하다고 생각해요."

민지는 고개를 끄덕이며 경청했다. 서진의 말 한마디 한마디가 그녀의 머릿속에 새겨졌다.

"김 과장님, 솔직히 말해줘서 고마워요. 우리 회사가 그런 곳이 될 수 있도록, 제가 할 수 있는 일이 있는지 열심히 찾아볼게요."

두 사람은 서로를 이해하는 듯한 미소를 교환했고 서진은 자리에서 먼저 일어났다. 이 대화는 민지에게 새로운 생각의 불씨가 되었다.

그날 밤, 민지는 여전히 답답한 마음에 회사 근처 한강공원으로 발걸음을 옮겼다. 그때 그녀의 휴대폰이 울렸다. 발신자는 강현우였다.

"민지 씨, 이미 퇴근 하셨을 것 같은데 미안해요. 요즘은 진행하는 일들은 어떤지 궁금해서 전화해봤어요."

민지는 안도의 한숨을 내쉬었다. "네, 최근까지는 괜찮았는데요. 사실 지금 너무 답답해서 밖에 나와 있어요."

"음, 그렇군요? 마침 근처에 일보고 들어가는 길이니 그럼 제가 그쪽으로 가볼까요? 근처 벤치에서 만나요."

20분 후, 강현우와 민지는 한강을 바라보며 나란히 앉아 있었다.
"민지 씨, 어떤 일이 답답하게 만들었는지 궁금하네요. 말해줄 수 있나요?"

민지는 한숨을 쉬며 최근의 인재 유출 문제와 HR팀의 대책, 그리고 자신의 고민을 설명했다.
강현우는 잠시 생각에 잠겼다가 말했다. "그랬군요.. 민지 씨는 지금 우리가 직면한 문제의 본질이 뭐라고 생각해요?"

민지는 잠시 고민하다 대답했다. "음... 미래전자의 공격적인 스카우트 때문에 우리 핵심 인재들이 떠나고 있다는 거죠."

"그렇게 생각할 수도 있겠네요. 하지만 다르게 생각해볼 수는 없을까요? 예를 들어, 왜 우리 직원들이 미래전자의 제안을 받아들이는 걸까요?"

민지는 잠시 말을 잇지 못했다. 그리고 천천히 입을 열었다. "아마도... 우리가 그들에게 충분한 가치를 제공하지 못해서일 거예요. 단순히 연봉 문제가 아니라, 성장의 기회나 도전, 혹은 비전 같은 것들이요."

강현우의 눈이 반짝였다. "바로 그거예요, 민지 씨. 문제의 본질은 외부가 아니라 내부에 있어요. 우리가 우리 직원들에게 어떤 가치를 제공하고 있는지, 그리고 그들이 정말로 원하는 것이 무엇인지 알아야 해요."

민지는 깊은 통찰을 얻은 듯했다. "그렇군요... 그럼 어떻게 해야 할까요?"

"먼저 우리 회사의 강점과 약점을 정확히 파악해야 해요. SWOT

분석을 해보는 건 어떨까요? 그리고 우리 회사의 가치 창출 과정을 면밀히 살펴보기 위해 가치사슬 분석도 필요할 것 같아요."

민지는 고개를 끄덕였다. "네, 이해했어요. 그리고 그 분석을 바탕으로 우리 직원들에게 진정한 가치를 제공할 수 있는 방안을 모색해야겠네요."

강현우는 미소를 지었다. "맞아요. 기억하세요, 민지 씨. 위기의 순간에는 내부에서 답을 찾아야 해요. 우리가 가진 것이 무엇인지, 그리고 그것을 어떻게 활용할 수 있는지 철저히 분석해 보세요."

다음 날 아침, 민지는 새로운 에너지로 가득차 있었다. 그녀는 즉시 팀 회의를 소집했고, HR팀장 박성준도 함께 참석시켰다.

"여러분, 지금 우리에게 필요한 건 우리 자신을 정확히 아는 것입니다. SWOT 분석을 통해 우리의 현 상황을 정확히 파악하고, 가치사슬 분석으로 우리의 핵심 역량을 재발견해야 합니다."

팀원들과 박 팀장은 민지의 제안에 동의했고, 즉시 분석 작업에 착수했다. 며칠간의 집중적인 토론과 분석 끝에 팀은 SWOT 분석 결과를 도출했다.

강점(Strengths):
- 70년의 역사와 브랜드 신뢰도
- 뛰어난 하드웨어 기술력
- 광범위한 제품 라인업
- 안정적인 재무 구조

약점(Weaknesses):
- 소프트웨어와 AI 기술의 부족
- 경직된 조직 문화
- 신속한 의사결정의 어려움
- 젊은 인재 유치의 어려움

기회(Opportunities):
- 급성장하는 스마트홈 시장
- IoT 기술의 발전
- 환경 친화적 제품에 대한 수요 증가
- 글로벌 시장 진출 가능성

위협(Threats):

- 미래전자의 공격적인 인재 스카우트
- 빠르게 변화하는 기술 트렌드
- 글로벌 경쟁의 심화
- 경기 침체로 인한 소비 위축

SWOT 분석 결과를 놓고 팀원들과 토론하던 중, 민지는 중요한 사실을 깨달았다.

"여러분, 우리의 가장 큰 강점은 바로 '사람'입니다. 70년간 축적된 노하우와 기술, 그리고 그것을 가능케 한 우리의 인재들이야말로 우리의 핵심 자산이에요."

박 팀장이 동의하며 말을 이었다. "맞아요. 우리 HR팀에서도 항상 강조하는 부분입니다. 하지만 최근 몇 년간 이 부분에 대한 투자가 부족했던 것 같아요."

이어서 민지는 가치사슬 분석을 제안했다. 팀은 한국전자의 모든 활동을 주요 활동과 지원 활동으로 나누어 분석했다.

주요 활동:
- 구매 물류: 안정적인 공급망 관리
- 생산: 고품질의 대량 생산 능력

- 출고 물류: 효율적인 유통 네트워크
- 마케팅/판매: 강력한 브랜드 파워
- 서비스: 신뢰할 수 있는 A/S

지원 활동:
- 기업 인프라: 안정적인 재무 구조
- 인적 자원 관리: 체계적인 교육 시스템
- 기술 개발: 지속적인 R&D 투자
- 조달: 글로벌 네트워크를 통한 효율적 조달
-

분석 결과, 민지는 한국전자의 가장 큰 경쟁력이 '기술 개발'과 '인적 자원 관리'에 있다는 것을 확인했다.

"우리의 핵심 역량은 기술력과 인재에 있습니다. 이를 더욱 강화하고 발전시켜 나가야 해요."

민지는 이 통찰을 바탕으로 '차세대 인재 육성 프로그램' 개발을 제안했다. 팀원들은 HR팀과 긴밀하게 협력하여 함께 프로그램의 세부 내용을 다듬었다.

박 팀장은 기존 HR팀의 계획을 공유하며, 민지의 아이디어와 어떻게 시너지를 낼 수 있을지 제안했다. "서 과장님의 아이디어와 우리의 계획을 결합하면 더욱 강력한 프로그램이 될 것 같아요."

함께 완성한 '인재 육성 프로그램'의 핵심 내용은 다음과 같았다.
1. 맞춤형 경력 개발 계획 (HR팀 주도)
2. 혁신적인 아이디어에 대한 인센티브 제도 (민지 팀 주도)
3. 사내 벤처 프로그램 도입 (민지 팀과 HR팀 공동 주도)
4. 유연한 근무 환경 조성 (HR팀 주도)
5. 지속적인 학습 문화 구축 (민지 팀과 HR팀 공동 주도)

프로그램 초안을 완성한 후, 민지는 이틀 후에 임원 회의 개최를 요청했다.

민지에게 내일은 임원들 앞에서 발표할 중요한 날이었다. 점심 시간, 그녀는 마음을 가라앉히기 위해 회사 내 작은 소공원을 찾았다.

벤치에 앉아 깊은 숨을 내쉬고 있을 때, 누군가가 다가왔다.

"서 과장, 이런 곳에서 만나네요."

고개를 들어보니 HR팀의 박성준 팀장이었다.

"아, 팀장님. 안녕하세요."

"내일 발표 준비는 잘 되가나요?"

민지는 솔직히 대답했다. "솔직히 좀 긴장되네요. 이 제안이 정말 회사를 변화시킬 수 있을지…"

박 팀장은 잠시 생각에 잠기더니 말했다. "서 과장, 나도 처음 HR팀에 왔을 때 비슷한 고민을 했었어요. 변화란 건 항상 두렵고 불확실하죠."

"어떻게 그 두려움을 극복하셨어요?"

"사람들의 눈을 바라보는 거예요. 직원들의 열정, 그들의 잠재력을 믿는 거죠. 당신의 계획이 그들에게 어떤 의미가 될지 생각해보세요."

민지는 고개를 끄덕였다. "팀장님 말씀을 들으니 조금 안심이 되네요. 사실 이 계획을 만들면서 많은 직원들의 이야기를 들었거든요."

"그래요? 그렇다면 충분히 잘하고 있는 거예요. 서로를 이해하고 존중하는 것, 그게 바로 우리가 추구해야 할 핵심 가치죠."

두 사람은 잠시 지나가는 바람을 맞으며 앉아 있었다. 민지는 마음속에서 새로운 용기가 솟아나는 것을 느꼈다.

"팀장님, 조언 감사합니다. 내일 발표에서 제 진심을 전달할 수 있도록 노력해볼게요."

박 팀장은 따뜻한 미소를 지으며 대답했다. "기대하고 있겠습니다, 서 과장. 우리 함께 좋은 변화를 만들어봐요."

소공원을 나서는 민지의 발걸음은 한결 가벼워졌다.

다음날 회의실에 모인 임원들의 표정은 여전히 어두웠다. 민지는 깊은 숨을 내쉰 후, 발표를 시작했다.

"경영진 여러분, 지난 며칠간 저희 팀은 HR팀과 협력하여 우리 회사의 현 상황을 철저히 분석했습니다. SWOT 분석과 가치사슬 분석을 통해 우리의 강점과 약점, 그리고 핵심 역량을 파악했습니다."

민지는 분석 결과를 상세히 설명한 후, 결론을 제시했다.

"이 분석을 통해 저희는 한 가지 중요한 사실을 깨달았습니다. 우리의 가장 큰 자산은 바로 '사람'입니다. 따라서 저희는 'Grow Together 인재 육성 프로그램'을 제안드리고 싶습니다."

민지는 프로그램의 핵심 내용을 설명했다. 임원들은 깊은 관심을 보이며 질문을 던졌고, 민지와 박 팀장은 차분히 답변을 이어갔다.

발표를 마친 민지는 긴장된 표정으로 임원들의 반응을 기다렸다. 잠시 침묵이 흘렀다. 그때 김 회장이 천천히 박수를 치기 시작했다.

"훌륭해요, 서 과장. 자네와 HR팀의 분석과 제안이 시의적절하고 통찰력까지 있군. 이 프로그램을 즉시 실행에 옮기도록 하지."

다른 임원들도 동의의 표시로 고개를 끄덕였다.

"서 과장, 자네가 HR팀과 협력하여 이 프로그램을 함께 끌어가주게. 필요한 지원은 아끼지 않겠네."

민지는 놀랐지만, 곧 결연한 표정으로 고개를 끄덕였다. "네, 회장님. 최선을 다하겠습니다."

그렇게 민지는 HR팀과 긴밀히 협력하여 'Grow Together 인재육성 프로그램'을 본격적으로 시작했다. 처음에는 많은 어려움이 있었지만, 점차 프로그램의 효과가 나타나기 시작했다. 이직을 고민하던 직원들이 마음을 돌리고, 오히려 경쟁사의 우수 인재들이 한국전자의 문을 두드리기 시작했다.

프로그램 시행 3개월 후, 민지는 김 회장으로부터 긴급 호출을 받았다.

"서 과장, 정말로 수고 많았네. 자네와 HR팀의 노력 덕분에 우리 회사가 위기를 넘길 수 있었어. 이번의 자네 역할은 내가 꼭 기억하고 있겠네."

민지는 감격에 겨워 말을 잇지 못했다. 자리에 돌아오자 어떻게 알았는지 강현우 코치에게서 축하 메시지가 왔다.

"민지 씨, 축하해요. 하지만 이건 시작일 뿐이에요. 미래전자는 이미 다음 수를 두고 있을 거예요. 우리도 계속 앞서 나가야 해요."

민지는 고개를 끄덕였다. 그녀의 눈에는 다음 도전을 향한 결의가 빛났다. 한국전자와 미래전자의 치열한 경쟁은 새로운 국면을 맞이하고 있었다.

6장에서 사용된 주요 프레임워크 설명

SWOT 분석 (SWOT Analysis)

활용 가능한 상황
- 새로운 사업 계획을 수립할 때
- 조직의 현재 상태를 진단하고 개선 방향을 모색할 때
- 경쟁사와의 비교 분석이 필요할 때
- 시장 진입 전략을 수립할 때
- 조직 변화나 혁신을 추진할 때

목적

SWOT 분석은 조직의 내부 요인(강점과 약점)과 외부 요인(기회와 위협)을 체계적으로 분석하여 전략 수립에 활용하는 도구입니다. 이를 통해 조직은 현재 상황을 객관적으로 파악하고, 미래 전략 방향을 설정할 수 있습니다.

주요 요소

강점 (Strengths)
- 조직의 내부적 장점
- 경쟁사 대비 우수한 능력이나 자원

약점 (Weaknesses)
- 조직의 내부적 단점
- 개선이 필요한 영역이나 부족한 자원

기회 (Opportunities)
- 외부 환경에서 오는 유리한 요소
- 활용 가능한 시장 트렌드나 변화

위협 (Threats)
- 외부 환경에서 오는 불리한 요소
- 조직의 성과나 생존을 위협하는 요인

적용 예시
- 기술 스타트업이 새로운 제품 출시를 계획할 때
- 소매업체가 온라인 시장 진출을 고려할 때
- 대학이 새로운 학과 개설을 검토할 때
- 제조업체가 해외 시장 진출을 준비할 때

기대 효과
- 객관적 현황 파악: 조직의 현 상황에 대한 균형 잡힌 이해 증진
- 전략적 방향 설정: 강점을 활용하고 약점을 보완하는 전략 수립 가능
- 선제적 대응: 기회를 포착하고 위협에 대비하는 능동적 접근

가능
- 의사결정 지원: 복잡한 상황에서 명확한 판단 기준 제공
- 커뮤니케이션 촉진: 조직 구성원 간 정보 공유와 합의 형성에 도움

SWOT 분석을 효과적으로 활용하기 위해서는 객관적이고 정직한 평가가 필요합니다. 또한, 분석 결과를 바탕으로 구체적인 행동 계획을 수립하고 실행하는 것이 중요합니다. SWOT 분석은 다른 전략 도구들과 함께 사용될 때 더욱 강력한 인사이트를 제공할 수 있습니다.

가치사슬 분석 (Value Chain Analysis)

활용 가능한 상황
- 기업의 비용 구조를 최적화하고자 할 때
- 경쟁 우위의 원천을 파악하고자 할 때
- 업무 프로세스 개선이 필요할 때
- 신규 사업 모델을 설계할 때
- 조직 구조 재편을 고려할 때

목적
가치사슬 분석은 기업의 활동을 세부적으로 분석하여 가치 창출 과정을 이해하고 경쟁우위의 원천을 파악하는 도구입니다. 이를 통해 기업은 각 활동의 효율성을 평가하고, 전반적인 경쟁력을 향상시킬 수 있습니다.

주요 요소
주요 활동
- 구매 물류: 원자재 조달 및 관리
- 생산: 제품 제조 또는 서비스 생성
- 출고 물류: 완제품 보관 및 배송
- 마케팅/판매: 고객 확보 및 판매 활동
- 서비스: 판매 후 고객 지원

지원 활동
- 1기업 인프라: 전반적인 관리 및 계획 기능
- 1인적 자원 관리: 직원 채용, 교육, 보상
- 1기술 개발: R&D, 제품 및 프로세스 혁신
- 1조달: 필요한 자원의 구매 활동

적용 예시
- 자동차 제조업체가 생산 프로세스를 개선할 때
- IT 서비스 기업이 고객 서비스 품질을 향상시키고자 할 때
- 유통업체가 공급망 관리를 최적화할 때
- 컨설팅 회사가 서비스 제공 과정을 분석할 때

기대 효과
- 비용 최적화: 각 활동의 비용 구조를 파악하고 효율화 가능
- 차별화 기회 발견: 경쟁사 대비 우위를 확보할 수 있는 영역 식별
- 프로세스 개선: 비효율적인 활동을 파악하고 개선 방안 도출
- 전략적 의사결정 지원: 아웃소싱, 통합 등의 결정에 객관적 기준 제공
- 혁신 촉진: 가치 창출을 위한 새로운 방식 모색 가능

가치사슬 분석을 효과적으로 수행하기 위해서는 각 활동에 대한 정확한 정보 수집과 분석이 필요합니다. 또한, 산업의 특성과 기업의 전략에

맞춰 분석 결과를 해석하고 적용하는 것이 중요합니다. 가치사슬 분석은 지속적으로 수행되어야 하며, 시장 환경 변화에 따라 유연하게 조정될 필요가 있습니다.

7화. 김 회장의 산행 교훈

7화: 김 회장의 산행 교훈

이른 새벽 4시 김 회장은 휴대폰 화면을 다시 한 번 확인했다. S물산 조회장에게서 온 메시지였다.

"김 회장, 미안하네. 급한 집안 경조사가 생겨서 오늘 골프는 어렵게 됐어. 다음에 꼭 보자고."

김 회장은 한숨을 내쉬었다. 주말 아침, 갑자기 생긴 여유 시간을 어떻게 보내야 하지 하면서 다시 잠에 들었다. 알람을 끈 채로 자서 다시 눈을 떠보니 오전 7시가 되어 있었다. 오늘은 주말골프 예정이라 집안일을 도와주는 분도 하루 휴가를 내주었다.

기지개를 펴고 일어난 김 회장은 계란 후라이가 들어간 토스트와 냉장고 안의 샐러드로 간단히 식사를 챙겨 먹은 후 커피 한잔을 하며 정원이 바라보이는 소파에 앉아 신문을 펼쳐 들었다.

책도 좀 읽고 회사 관련 보고서도 곁눈질 하고 나니 어느덧 오전 9시반이다. 날씨가 너무 좋아서 이대로 집에 있기는 힘들겠다고 생각하다 문득 산행을 떠올렸다.

"그래, 오랜만에 산에나 다녀올까."

평소에 자주 다니던 인근 청계산이 떠올랐지만, 오늘은 시간도 많겠다. 조금 더 도전적인 것을 해보고 싶었다. 지도를 펼쳐보고 인터넷도 찾아보니 청계산으로 올라가서 광교산으로 내려오는 코스가 보였다.

"음, 이 길을 따라가면 되겠군. 지금 오르기 시작하면 5시까지 충분히 내려올 수 있겠어"

김 회장은 간단히 장비를 챙기고 집을 나섰다. 시계는 오전 10시를 가리키고 있었다.

청계산 초입에 들어서자 상쾌한 공기가 폐부 깊숙이 파고들었다. 나뭇잎 사이로 비치는 햇살이 김 회장의 얼굴을 따뜻하게 어루만졌다. 그는 잠시 멈춰 서서 깊은 숨을 들이마셨다.

'이렇게 좋은 날 골프장에서 얼굴만 태울 뻔했네.'

두 시간 정도 오르내리며 코스를 따라가는 중, 김 회장은 첫 번째 난관에 부딪혔다. 산행 중간에 서있는 안내판 지도로는 큰 틀에서 직진하는 코스인데, 실제 길은 좌우로 갈라지고 있었다.

"음... 이상하군."

잠시 고민하다 오른쪽 길로 접어들었다. 그러나 10분 정도 걸어가니 길이 점점 가팔라지고 힘해졌다.

'이게 아닌 것 같은데...'

결국 김 회장은 왔던 길을 되돌아가기로 했다. 삼거리로 돌아와 이번에는 왼쪽 길로 향했다. 얼마 지나지 않아 그는 안도의 한숨을 내쉬었다. 이전 길보다는 사람 다닌 흔적이 더 분명하다. 중간 목적지로 향하는 표지판도 보였다.

"허허, 큰 틀에서 보면 직진인데 세부적으론 구절양장이구만."

그때 휴대폰이 울렸다. 비서였다.

"회장님, 다음주 스케줄 확인 부탁드립니다."

"아, 그래. 잠깐만."

김 회장은 숨을 고르며 메시지를 확인했다. 월요일 오전 10시에 중요한 미팅이 잡혀 있었다.

"알겠네. 월요일 오전 미팅은 꼭 참석하겠다고 전해주게."

다시 산행을 이어가던 중, 김 회장은 문득 이 상황이 한국전자의 현재와 닮았다는 생각이 들었다.

'우리 회사도 지금 새로운 길을 찾아 나서는 중이지. 큰 방향은 정했지만, 세부적으론 여러 갈래 길 앞에서 계속 선택해야 할 거야.'

그는 젊은 임직원들의 새로운 목소리를 떠올렸다. 때론 그 아이디어가 김 회장 같은 고인물이 보기에는 다소 급진적으로 느껴질 때도 있었지만, 김 회장은 그들의 의견을 경청하고 충분히 검토하는 편이었다.

'전통을 존중하면서도 변화를 수용해야 해. 그러한 사람들이 자기의 목소리를 내면서 한 방향으로 가도록 이끄는 것. 그게 바로 내 역할이지.'

산행을 계속하던 김 회장은 또 다른 갈림길에 도달했다. 이번에는 세 갈래였다. 그는 직감대로 길을 택하기 전에 먼저 표지판으로 다가갔다.

"역시 익숙하지 않은 길에서는 표지판을 확인해야 해. 가던 방향이 항상 원하는 목적지로 이끄는 건 아니거든."

표지판을 확인한 후, 김 회장은 목적지 방향으로 발걸음을 옮겼다. 걸으면서 그는 회사의 의사결정 과정을 떠올렸다.

'우리도 매 갈림길마다 무언가를 확인하고 의사결정하지. 그러기 위해서 무엇보다 중요한 건 우리가 갈림길에 있다는 사실 자체를 아는 거야.'

해가 중천에 떴을 무렵, 김 회장은 작은 쉼터에 도착했다. 벤치에 앉아 물을 마시며 배낭에 넣어둔 수건을 꺼내 땀을 닦아내고 있는데, 40대 중반으로 보이는 금슬 좋아 보이는 부부도 쉬려고 맞은 편 벤치에 앉아서 도란도란 대화를 나누고 있었다. 김 회장은 냉장고에서 꺼내온 오이를 배낭에서 하나 꺼내 두 쪽으로 자른 후 하나씩 우물우물 씹으며 수분을 보충하기 위해 먹었다.

"어르신, 힘드시죠? 저희가 싸온 커피인데 한 잔 드세요."

부부는 김 회장을 평범한 동네 어르신으로 여기는 듯했다. 그들이 일회용 컵에 담아 건넨 보온병 속 믹스커피의 달콤한 향이 코끝을 간지럽혔다.

"아이고, 고맙습니다."

커피를 받아 마시는 김 회장의 얼굴에 따뜻한 미소가 번졌다. 산 위에서 먹는 믹스 커피 한 잔이 만 원짜리 스페셜티 커피보다 맛나다. 잠시 회사 일과 경영에 대한 생각에서 벗어나, 그는 순수한 인간적 교감의 따뜻함을 느꼈다.

'세상엔 아직 정이 남아있구나.'

짧은 휴식을 마친 김 회장은 부부와 간단히 인사를 하고 다시 산행을 시작했다. 그러나 시간이 지날수록 김 회장의 걸음이 무거워졌다.

평소 관리를 잘하는 편인데도 역시 60대 후반의 나이는 못 속이는지 체력이 급격히 떨어지고 있었다.

'아, 이거 생각보다 힘드네.'

그때 강현우에게서 메시지가 왔다.

"회장님, 다음주 코칭 시간에 말씀 나눌 주제입니다. 그럼 그때 뵙겠습니다."

김 회장은 잠시 멈춰 서서 답장을 보냈다.

"알았네. 나도 한번 생각해 보고 들어가겠네. 다음주 봅시다."

다시 걸음을 옮기며 김 회장은 생각에 잠겼다.

'익숙해 보이는 길이라도 초행길에 연결되어 있을 때는 더 많은 준비가 필요해. 회사 경영도 마찬가지겠군'

해가 차츰 서쪽으로 기울고 있었다. 김 회장은 불안한 마음에 발걸음을 재촉했다.

간신히 방향을 잡고 걸음을 재개했지만, 하늘에 노을이 깔리기 시작하자 김 회장의 마음도 초조함이 밀려왔다.

'이러다 동네 앞산에서 길 잃게 생겼구만…'

김 회장은 휴대폰의 배터리를 체크하며 하산 방향으로 성큼성큼 발걸음을 옮겼다.

마침내 산 아래 약수터를 지나 계곡 옆으로 난 공원 입구에 도착했을 때, 시계는 저녁 6시를 훌쩍 넘어 있었다. 약간 계획대로 되지 않은 부분도 있지만 어쨌든 이 정도면 세이프다. 김 회장은 집으로 돌아가기 위해 버스 정류장 앞에 섰고 바로 근처 국밥집이 눈에 들어왔다. 그는 국밥집에 들어가 앉으며 오늘 하루를 되새겼다.

'몸은 조금 힘들었지만, 많은 것을 배웠어.'

그는 국밥을 주문하고 나서 기다리는 동안 휴대폰을 꺼내 메모장 앱을 열어 오늘 얻은 교훈들을 정리하기 시작했다.

- 큰 틀에서 짠 일자 모양의 등산 경로라 하더라도 세부적으로는 좌우로 구절양장일 수 있다.
- 현재 위치에서 가던 방향으로 직진이 항상 옳은 길은 아니다.
- 삼거리가 나오면 무조건 표지판을 확인해야 한다. 가던 방

향이 목적지 방향이 아닌 경우가 반 이상이다.
- 초행길에는 필요 이상 일찍 출발하고 내려올 시간을 계산해서 항상 여유를 두어야 한다.
- 길을 찾고 있을 때는 지도와 현재 위치를 계속 비교하며 순발력 있는 판단을 발휘해야 한다.

따뜻한 김이 올라오는 국밥을 한술 떠 입에 넣으며 김 회장은 만족한 미소를 짓는다. 이 교훈들은 그에게 한국전자의 현재 상황을 떠올리게 했다. 이것도 어찌보면 경영자로서 직업병이 아닌가 싶었다.

'우리 회사도 지금 새로운 길을 찾아 나서는 중이야. 큰 방향은 정했지만 세부적으로는 유연하게 대처해야 해. 시장 상황을 면밀히 관찰하고, 필요하다면 빠르게 방향을 전환할 줄도 알아야 해.'

그는 앞으로 한국전자를 위해 해야 할 일을 떠올렸다.

'지금 회사는 갈래길에 서있어. 다음 단계로 나아가기 위해서는 표지판이 필요해.'

김 회장은 이 일을 맡길 적임자가 누구일까 곰곰히 생각해봤다. 김 회장의 머릿속에 갑자기 최근 조직에 신선한 바람을 불어넣고 있는 서민지의 얼굴이 떠올랐다.

"그래, 서팀장이라면 해낼 수 있을지도 몰라. 아직 경험은 많지 않지만 열정만은 최고지. 조만간 한번 만나봐야겠어."

김 회장은 마지막 한 모금의 국물까지 들이키며 오늘 하루 수고해준 근육들에 새로운 에너지를 채웠다. 그는 휴대폰을 꺼내 간단한 문자를 비서에게 보냈다.

"월요일 오전 11시경 약속 잡기 요망 - 서민지 팀장 면담"

오늘의 힘든 산행이 한국전자의 밝은 미래를 위한 첫걸음이 될 것이라는 확신이 들었다. 김 회장은 피로에 지친 몸을 이끌고 일어섰다. 집으로 향하는 그의 발걸음은 물에 젖은 솜같았지만, 마음만큼은 깃털처럼 가벼웠다.'

8화. 한 방향을 향해 나아가다

8화: 한 방향을 향해 나아가다

큰 경험을 하고 난 민지는 이제 더 큰 책임감을 느끼고 있었다. 'Grow Together 인재 육성 프로그램'의 성공으로 한국전자는 위기를 모면했지만, 민지는 이것이 단지 시작일 뿐이라는 것을 알고 있었다.

어느 날 아침, 김 회장이 민지를 불렀다.

"서 과장, 자네가 해낸 일은 정말 대단해. 하지만 우리에겐 아직 큰 숙제가 남아 있어. 바로 우리 회사의 미래 방향을 재정립하는 거지."

민지는 고개를 끄덕였다. "네, 회장님. 저도 같은 생각입니다. 우리 회사가 나아갈 방향에 대해 모든 구성원이 공감하고 한마음으로 나아가는 것이 중요하다고 봅니다."

김 회장의 눈이 반짝였다. "그래, 바로 그거야. 그래서 자네를 담당자로 앉히려고 하네. 이제부터 자네가 전사적인 비전과 미션 수립 워크숍을 주도해주었으면 해. 어떻게 생각하나?"

민지는 한편으로는 기쁘면서도 잠시 곰곰이 생각에 잠겨들었다. 이는 엄청난 도전이 될 것이다. 하지만 동시에 한국전자를 새로운 차원으로 끌어올릴 수 있는 기회이기도 했다.

"네, 회장님. 최선을 다해 준비하겠습니다."

사무실로 돌아온 민지는 즉시 강현우 코치에게 연락했다.
"코치님, 전사적인 비전과 미션 수립 워크숍을 준비해야 합니다. 어떻게 접근하는 것이 좋을까요?"

강현우는 잠시 생각하더니 대답했다. "민지 씨, 이건 정말 중요한 과제예요. 먼저 현재 우리 회사의 상황과 미래 트렌드를 철저히 분석해야 해요. 그리고 모든 구성원의 의견을 듣는 것도 중요합니다. 마지막으로, 전략 맵을 활용해 비전과 미션을 구체화하는 것이 좋을 것 같아요."

민지는 강현우의 조언을 바탕으로 준비를 시작했다. 그녀는 먼저 각 부서의 대표들로 구성된 TF팀을 꾸렸다.

준비 과정에서 민지는 예상치 못한 어려움에 직면했다. 각 부서마다 원하는 방향이 달랐고, 세대 간 가치관의 차이도 컸다. 특히 오랜 경력의 임원들과 젊은 직원들 사이의 갈등이 두드러졌다.

워크숍 둘째 날, 비전과 미션을 논의하는 과정에서 격렬한 토론이 벌어졌다.

"우리는 기존의 가전제품 시장에서 더욱 강화해야 합니다. 그것이 우리의 강점이에요." 생산담당 박 이사가 주장했다. "70년간 쌓아온 기술력과 브랜드 가치를 버릴 순 없습니다."

"아닙니다. 우리는 완전히 새로운 시장을 개척해야 해요. 스마트

홈을 넘어 AI 기반의 생활 혁신 기업으로 거듭나야 합니다." 젊은 연구원 이주영이 반박했다. "기존 시장은 이미 포화 상태입니다. 혁신 없이는 살아남을 수 없어요."

회의실은 순식간에 두 진영으로 나뉘어 격렬한 논쟁이 이어졌다. 민지는 이 갈등을 어떻게 해결해야 할지 고민에 빠졌다.

그때 마케팅팀의 김 과장이 조심스레 의견을 냈다. "두 분 다 옳은 말씀을 하신 것 같아요. 우리의 강점을 버릴 순 없지만, 동시에 변화도 필요합니다. 어떻게 하면 이 두 가지를 조화롭게 합칠 수 있을까요?"

이 말에 민지는 번뜩이는 통찰을 얻었다. 그녀는 잠시 생각에 잠겼다가 입을 열었다.

"여러분, 우리가 지금 놓치고 있는 게 있어요. 우리의 강점은 단순히 제품이 아닙니다. 70년간 고객의 삶을 더 좋게 만들어온 우리의 노하우와 열정, 그리고 신뢰가 우리의 진정한 강점이에요. 이것을 바탕으로 새로운 기술과 트렌드를 받아들인다면, 우리는 전통과 혁신을 모두 아우르는 기업이 될 수 있습니다."

회의실이 잠시 조용해졌다. 그리고 서서히 동의의 목소리가 나오기 시작했다.

"듣고보니 맞는 말이에요. 우리의 본질은 예나 지금이나 항상 '고객의 삶을 풍요롭게 만드는 것'이었어요." 박 이사가 고개를 끄덕였다.

"맞아요. 그 본질을 지킨다면 과거와 미래가 연결되네요. 이제 새로운 방식으로 접근할 수 있겠네요." 이주영도 동의했다.

이 통찰을 바탕으로 민지는 전략 맵 작성을 제안했다.

"여러분, 우리가 지금까지 나눈 이야기들을 바탕으로 우리 회사의 미래를 그려봅시다. 전략 맵을 통해 우리의 비전, 미션, 그리고 이를 달성하기 위한 구체적인 목표들을 정리해 보겠습니다."

전략 맵 작성 과정에서 놀라운 일이 벌어졌다. 서로 대립하던 의견들이 하나로 모아지기 시작한 것이다. 기존의 강점을 활용하면서도 새로운 시장을 개척하는 방향, 즉 '전통과 혁신의 조화'라는 키워드가 도출되었다.

워크숍 둘째 날 저녁, 팀원들은 술 없는 회식 자리에 모였다. 하지만 분위기는 어느 때보다 화기애애했다.

"야, 이주영! 오늘 박 이사님한테 대들 때 심장이 쿵쾅거리지 않더냐?" 김서진이 장난스럽게 물었다.

이주영은 살짝 당황하면서도 웃으며 대답했다. "아, 그때요? 솔직히 말하면 다리가 후들거렸죠. 호호호."

박 이사가 껄껄 웃으며 끼어들었다. "허허, 난 오히려 상쾌하던데? 요즘 젊은 친구들이 이렇게 당당하니 우리 회사 미래가 밝구나 싶었어."

민지는 미소를 지으며 고개를 끄덕였다. "맞아요. 오늘 우리 모두 서로에 대해 많이 배웠죠. 박 이사님의 경험에... 술 대신 콜라로 건배할까요?"

"오, 우리 팀장님도 가끔은 농담을 하시네요?" 이주영이 장난스레 말했다.

모두가 웃음을 터뜨렸다.

김서진이 갑자기 진지한 표정을 지었다. "근데 솔직히 말해서... 처음에는 이번 워크숍이 그저 형식적인 거라고 생각했어요. 그런데 정말 많은 걸 깨달았네요."

박 이사가 고개를 끄덕였다. "나도 마찬가지야. 처음엔 '아, 또 이런 걸 하나' 싶었지. 그런데 이렇게 서로 이해하게 될 줄은 몰랐어."

"그러게 말이에요." 이주영이 동의했다. "박 이사님, 아까 이야기하신 80년대 흑백 TV 개발 이야기 정말 인상 깊었어요. 우리가 어떻게 여기까지 왔는지 알 수 있었죠."

민지는 이 모습을 보며 뿌듯함을 느꼈다. "여러분, 우리가 오늘 발견한 '전통과 혁신의 조화'... 그게 바로 이런 거 아닐까요? 우리 모두의 다양성이 곧 한국전자의 힘이 되는 거죠."

"오, 과장님 멋진 말씀!" 김서진이 장난스레 박수를 쳤다. "이거 내일 회장님께 그대로 보고드려야겠어요."

모두가 웃음을 터뜨렸다.

"자, 그럼 이제 진짜 건배 한 번 할까요?" 박 이사가 제안했다. "한국전자의 미래를 위해... 콜라로!"

모두가 일어나 잔을 들고 외쳤다. "한국전자 파이팅!"

그 순간, 회식 장소에는 웃음소리와 함께 새로운 에너지가 가득했다. 서로 다른 세대, 다른 생각을 가진 이들이 이제는 하나의 팀으로 뭉쳐있었다.

다음 날 아침, 민지는 일찍 출근해 회사 내 작은 소공원에서 금일 워크샵 진행을 위한 생각을 정리하고 있었다. 그때 김 회장이 우연히 지나가다 그녀를 발견했다.

"오, 서 과장. 이렇게 일찍 나왔나?"

민지는 급히 일어나 인사했다. "네, 회장님. 좋은 아침입니다."

김 회장은 민지 옆에 앉으며 말했다. "괜찮다면 잠시 이야기 좀 나눌까?"

민지는 고개를 끄덕였고, 김 회장은 멀리 맞은 편을 바라보며 이야기를 시작했다.

"서 과장, 혹시 우리 회사가 어떻게 시작됐는지 알고 있나?"

민지는 조심스레 대답했다. "네, 대략적으로는 알고 있습니다만…"

김 회장은 미소를 지으며 계속했다. "내 아버지가 이 회사를 시작하셨을 때, 당신의 꿈은 단순했어. '모든 가정에 편리함을 전하자'였지. 그 당시엔 전기밥솥 하나로도 주부들의 삶이 얼마나 편해질 수 있는지 직접 보시고, 아버지는 그걸 꿈꾸셨던 거야."

민지는 감동적인 표정으로 들었다. 김 회장은 계속해서 말을 이어갔다.

"나는 대학을 갓 졸업했을 때 이 회사에 들어왔어. 처음에는 그저 아버지의 뒤를 이어야 한다는 의무감 때문이었지. 하지만 점차 우리 제품들이 사람들의 삶을 어떻게 변화시키는지 직접 보게 되면서, 이 일에 진정한 의미를 느끼기 시작했어."

그는 잠시 숨을 고르더니 말을 이었다. "그리고 내가 경영을 맡게 됐을 때, 우리는 큰 도전에 직면했었지. 세계화의 물결 속에서 우리도 변해야 했어. 그때 나는 아버지의 창업 정신을 떠올렸어. '편리함을 전하는 것'은 변하지 않되, 그 방식은 시대에 맞게 변화해야 한다고 생각했지."

민지는 깊이 고개를 끄덕였다. 김 회장의 말에서 '전통과 혁신의 조화'라는 키워드가 다시 한번 떠올랐다.

김 회장은 민지를 바라보며 말했다. "서 과장, 우리의 뿌리는 단단해. 하지만 그 뿌리에서 새로운 가지를 뻗어나가는 것, 그게 바로 지금 우리가 해야 할 일이야. 변하지 않을 것과 변해야 할 것을 구분하고 새로 정의하는 것, 그게 지금 우리의 숙제지."

민지는 감사의 마음을 담아 대답했다. "네, 회장님. 정말 귀중한 이야기 감사합니다. 이 정신을 꼭 기억하고 우리의 새로운 비전과 미션에 반영하도록 하겠습니다."

김 회장은 만족스러운 미소를 지으며 일어섰다. "그래, 기대하고 있겠네. 자, 이제 워크숍 마지막 날이니 힘내서 마무리 잘 해보세."

민지는 고개를 끄덕이며 자리에서 일어났다. 그녀의 눈에는 새로운 결의가 빛났고, 마음속에는 한국전자의 과거와 미래를 잇는 새로운 비전이 서서히 형태를 갖추고 있었다.

마침내 3일간의 워크숍이 끝나고, 새로운 비전과 미션이 탄생했다.

- 비전: "일상의 모든 순간을 특별하게 만드는 기술 혁신 기업"
- 미션: "전통의 가치를 지키며 끊임없는 혁신으로 고객의 삶을 풍요롭게 만든다"

이를 바탕으로 한 전략 맵에는 다음과 같은 주요 목표들이 포함되었다.

재무 관점:

- 지속 가능한 성장 모델 구축: 기존 사업의 안정적 수익과 신규 사업의 혁신적 성장의 균형 유지
- 가치 중심의 투자 전략: 단기적 이익보다 장기적 가치 창출에 초점을 맞춘 R&D 및 인프라 투자
- 효율적 자원 배분: 전통 사업과 혁신 사업 간의 최적의 자원 분배를 통한 시너지 창출

고객 관점:

- 고객 중심의 혁신: 고객의 잠재적 니즈를 선제적으로 파악하고 해결하는 제품과 서비스 개발
- 감동을 넘어선 고객 경험 제공: 제품 사용의 모든 단계에서 고객에게 특별한 가치와 의미를 전달
- 브랜드 신뢰도 강화: 70년 전통의 신뢰를 바탕으로 혁신 기업으로서의 새로운 이미지 구축
- 고객과의 지속적 소통: 다양한 채널을 통해 고객의 의견을 경청하고 이를 제품 개발에 반영

내부 프로세스 관점:

- 유연하고 민첩한 조직 구조 확립: 빠르게 변화하는 시장에 대응할 수 있는 애자일 조직 문화 정착
- 디지털 전환 가속화: 전 부서의 디지털화를 통한 업무 효

율성 제고 및 데이터 기반 의사결정 체계 구축
- 개방형 혁신 생태계 조성: 외부 파트너와의 협력을 통한 지속적인 혁신 추구
- 지속가능경영 실천: 환경, 사회, 지배구조(ESG) 가치를 고려한 비즈니스 프로세스 재정립

학습과 성장 관점:

- 창의적 인재 육성: 도전과 혁신을 장려하는 교육 프로그램 개발 및 운영
- 다양성과 포용성 강화: 다양한 배경의 인재들이 자유롭게 의견을 나누고 성장할 수 있는 문화 조성
- 자기주도적 학습 문화 정착: 임직원들의 자발적인 역량 개발을 지원하는 시스템 구축
- 지식 공유 플랫폼 구축: 부서간, 세대간 지식과 경험을 공유할 수 있는 플랫폼 개발 및 활성화

이 전략 맵을 통해 한국전자의 모든 구성원들은 회사가 나아갈 방향을 명확히 이해하고, 각자의 역할에 대한 인식을 새롭게 할 수 있었다. 특히, '전통과 혁신의 조화'라는 핵심 가치가 모든 관점에 걸쳐 반영되어 있어, 구성원들은 회사의 전통을 존중하면서도 끊임없

는 혁신을 추구해야 한다는 메시지를 명확히 받아들일 수 있었다.

워크숍이 끝난 후, 김 회장은 민지를 불렀다.

"서 과장, 정말 훌륭했어. 자네가 이렇게 모든 구성원의 마음을 하나로 모을 줄은 몰랐네. 이제 우리는 진정한 의미에서 하나의 팀이 되었어. 내일부터는 부장으로 일하며 더 큰 책임감을 가지고 회사를 위해서 일해주게."

민지는 순간 놀라고 기뻤지만 겸손하게 고개를 숙였다. "감사합니다, 회장님. 하지만 이건 저 혼자의 힘이 아닌 모든 구성원이 함께 이뤄낸 결과입니다."

퇴근 후 팀원들과 오랜만에 회포를 풀며 가벼운 축하자리를 가졌다. 그때 민지의 휴대폰에 메시지가 왔다. 발신인은 강현우였다.

"축하해요, 민지 씨. 회장님에게 말씀 들었어요. 하지만 방심은 금물입니다. 미래전자가 곧 새로운 10년 비전을 발표한다는 소식이 들리네요. 우리도 이에 대한 준비를 해야 할 것 같아요."

민지는 고개를 끄덕였다. 그녀도 미래전자가 실제로 어떤 방향으로 움직일지 궁금하던 차였다. 도전의식이 다시 군불을 떼고 있었다. 이제 한국전자와 미래전자의 경쟁은 새로운 차원으로 접어들고 있었다.

8장에서 사용된 주요 프레임워크 설명

MVC(미션/비전/핵심가치) 프레임워크

활용 가능한 상황
- 기업의 장기적인 방향성을 설정해야 할 때
- 조직의 정체성을 재정립해야 할 때
- 기업 문화를 개선하거나 강화해야 할 때
- 새로운 사업 영역으로 확장할 때
- 조직 구성원들의 동기부여가 필요할 때

목적

MVC 프레임워크는 조직의 존재 이유(미션), 미래 목표(비전), 그리고 행동 지침(핵심가치)을 명확히 정의하여 조직의 방향성을 제시하고 구성원들의 행동을 일관되게 유도하는 것을 목적으로 합니다.

주요 요소

1. 미션 (Mission)
   - 조직의 존재 이유
   - 조직이 추구하는 궁극적인 목적
   - 간결하고 명확한 문장으로 표현

2. 비전 (Vision)
- 조직이 달성하고자 하는 미래의 모습
- 구체적이고 측정 가능한 목표
- 구성원들에게 영감을 줄 수 있는 도전적인 내용

3. 핵심가치 (Core Values)
- 조직의 의사결정과 행동의 기준
- 구성원들이 공유해야 할 중요한 신념
- 보통 3-5개의 핵심 단어나 문구로 표현

적용 예시
- 스타트업이 초기 조직 문화를 형성할 때
- 대기업이 새로운 경영 전략을 수립할 때
- 비영리 단체가 후원자들에게 조직의 목적을 설명할 때
- 다국적 기업이 글로벌 전략을 수립할 때

기대 효과
- 조직의 정체성 확립: 구성원들에게 조직의 존재 이유와 방향성을 명확히 전달합니다.
- 의사결정 기준 제공: 중요한 결정을 내릴 때 참고할 수 있는 기준을 제시합니다.
- 구성원 동기부여: 조직의 목표와 가치를 공유함으로써 구성원

들의 참여와 헌신을 유도합니다.
- 일관성 있는 조직 운영: 모든 활동과 전략이 MVC에 부합하도록 함으로써 일관성을 유지합니다.
- 대외 이미지 개선: 명확한 MVC를 통해 이해관계자들에게 조직의 정체성을 효과적으로 전달합니다.

MVC 프레임워크를 효과적으로 활용하기 위해서는 전사적인 참여와 합의 과정이 필요합니다. 또한, 시간이 지남에 따라 변화하는 환경에 맞춰 주기적으로 재검토하고 필요시 수정해야 합니다. MVC는 단순히 선언에 그치는 것이 아니라 조직의 모든 활동에 실제로 반영되고 실천되어야 그 가치를 발휘할 수 있습니다.

전략 맵(Strategy Map) 프레임워크

정의
전략 맵은 조직의 전략을 시각적으로 표현한 도구로, 비전과 미션을 달성하기 위한 전략적 목표들 간의 인과관계를 보여줍니다.

목적
- 조직의 전략을 명확하고 일관성 있게 전달
- 전략적 목표들 간의 연관성을 시각화
- 모든 구성원이 조직의 전략을 이해하고 자신의 역할을 파악할 수 있도록 지원

주요 구성 요소
전략 맵은 일반적으로 4가지 관점으로 구성됩니다.

- 재무 관점: 주주 가치를 극대화하기 위한 재무적 목표
- 고객 관점: 고객에게 제공하는 가치 제안
- 내부 프로세스 관점: 고객 가치를 창출하고 생산성을 향상시키기 위한 핵심 프로세스
- 학습 및 성장 관점: 변화와 개선을 지원하는 무형 자산(인적 자본, 정보 자본, 조직 자본)

활용 방법

- 조직의 비전과 미션 명확화
- 각 관점별 전략적 목표 설정
- 목표 간 인과관계 파악 및 연결
- 핵심성과지표(KPI) 설정
- 실행 계획 수립 및 모니터링

기대 효과
- 전략의 시각화를 통한 이해도 증진
- 전사적 차원의 전략 정렬
- 자원의 효율적 배분
- 성과 측정 및 관리의 용이성
- 전략 실행의 효과성 제고

활용 시 주의사항
- 조직의 특성과 환경에 맞는 맞춤형 전략 맵 개발 필요
- 지속적인 검토와 업데이트 필요
- 모든 구성원의 참여와 이해가 중요

전략 맵은 조직의 전략을 단순하고 명확하게 표현함으로써, 모든 구성원이 조직의 방향성을 이해하고 자신의 역할을 명확히 인식할 수 있게 해주는 강력한 도구입니다. 특히 한국전자와 같이 전통과 혁신의 조화를 추구하는 기업에게는 다양한 목표들을 통합적으로 관리하고 전사적 정렬을 이루는 데 매우 유용한 프레임워크입니다.

9화. 위기의 '행복한 꽃집'

9화: 위기의 '행복한 꽃집'

　봄바람이 살랑이는 4월의 어느 날, 강현우는 잠실역 근처의 익숙한 꽃집 앞에 섰다. '행복한 꽃집'이라는 간판이 달린 이곳은 그가 15년간 매년 결혼기념일마다 아내를 위한 꽃다발을 사던 곳이었다. 하지만 이번에는 뭔가 달랐다. 창문을 통해 들여다본 가게 안은 예전의 활기찬 모습은 온데간데없고, 한산하기 그지없었다.

　문을 열고 들어서자 희미한 꽃향기와 함께 한숨 소리가 들려왔다. 카운터 뒤에서 꽃다발을 만들던 이수연 사장이 고개를 들었다.

"어머, 강 사장님! 어서 오세요. 벌써 1년이 지났네요."

강현우는 미소 지으며 고개를 끄덕였다. "네, 그러게요. 시간 참 빠르죠. 올해도 역시 아내를 위한 꽃다발을 부탁드릴게요."

이 사장은 꽃다발을 만들기 시작하며 말을 이었다. "요즘은 어떠세요? 회사일은 바쁘신가 봐요."

"네, 그럭저럭 잘 지내고 있습니다. 그런데 이 사장님, 가게가 예전만 못한 것 같아 보이네요. 무슨 일 있으세요?"

이 사장의 표정이 어두워졌다. "아... 눈치 채셨군요. 사실 요즘 장사가 참 어려워요. 몇 년 전부터 점점 안 좋아지더니, 이제는 정말 버티기 힘들 정도예요."

강현우는 관심을 보이며 물었다. "구체적으로 어떤 점들이 가장 힘드신가요?"

이 사장은 한숨을 쉬며 대답했다. "여러 가지가 동시에 오는 것 같아요. 온라인으로 꽃 배달 서비스도 많이들 하고, 젊은 분들은 꽃을 이제 안사려고 하고, 경기도 안 좋고... 그리고 저희 같은 전통 꽃집도 점점 강점이 사라지는 것 같아요. 게다가 매출은 계속 떨어지는데 임대료와 인건비는 오르고... 정말 막막해요."

강현우는 잠시 생각에 잠겼다. 그의 전문 분야는 아니었지만, 경영 컨설턴트로서의 본능이 깨어나는 것을 느꼈다.

"이 사장님, 혹시 제가 조금 도와드려도 될까요? 제 전문 분야는 아니지만, 함께 고민해보고 싶네요."

이 사장의 눈이 반짝였다. "정말요? 그렇게 해주시면 정말 감사하겠습니다. 어떻게 도와주실 수 있을까요?"

강현우는 미소를 지으며 말했다. "우선 문제를 정확히 파악하고, 해결책을 찾아보는 과정을 함께 해보면 어떨까요? 제가 알고 있는 몇 가지 방법론을 적용해볼 수 있을 것 같아요."

이 사장은 기쁘게 동의했다. "네, 좋습니다. 언제 시작할 수 있을까요?"

"3일 후 시간 되세요? 제가 좀 더 준비를 해오고, 그날 오후 늦게 다시 들르겠습니다."

"네, 기다리고 있겠습니다. 정말 감사합니다, 강 사장님."

강현우는 아내를 위한 꽃다발을 들고 꽃집을 나섰다. 봄바람에 꽃잎이 살랑거리는 것을 보며, 그는 '행복한 꽃집'을 살리기 위한 아이디어들을 머릿속으로 정리하기 시작했다.

3일 후, 강현우는 다시 꽃가게를 찾았다. 그는 노트북을 꺼내며 말했다. "사장님, 제가 조사해본 바로는 꽃가게의 어려움이 생각보다 더 복잡한 것 같아요. 제가 정리한 내용을 함께 보시겠어요?"

이수연 사장은 고개를 끄덕였다. 강현우는 노트북 화면을 이 사장에게 보여주며 설명을 시작했다.

꽃가게 운영이 어려운 이유

1. 재고 관리의 어려움
   - 꽃의 짧은 유통기한으로 인한 손실 발생
   - 수요 예측의 어려움

2. 계절성 수요 변동
   - 특정 시기에 수요 집중 (발렌타인데이, 어버이날, 졸업식 등)
   - 비수기 매출 감소

3. 온라인 꽃 배달 서비스와의 경쟁
   - 편리성과 다양한 옵션 제공으로 인한 경쟁력 약화
   - 젊은 층의 온라인 구매 선호

4. 높은 운영 비용
   - 임대료, 인건비, 냉장 시설 유지비 등 고정 비용 부담
   - 수익성 확보의 어려움

5. 젊은 세대의 소비 패턴 변화
   - 꽃 선물 문화의 변화
   - 경험이나 실용적 선물 선호 증가

6. 꽃 가격의 변동성
   - 날씨, 수급 상황에 따른 가격 변동
   - 안정적인 수익 확보의 어려움

7. 차별화된 서비스 부족
   - 기존 비즈니스 모델의 혁신 부족
   - 고객에게 새로운 가치 제공의 어려움

8. 디지털 마케팅 역량 부족
   - SNS, 온라인 플랫폼 활용의 어려움

- 젊은 고객층 유치의 한계

9. 환경 문제에 대한 인식 변화
    - 일회성 꽃 소비에 대한 환경적 우려 증가
    - 지속가능한 소비에 대한 요구 증가

10. 경제적 불확실성
    - 경기 침체로 인한 사치품 소비 감소
    - 고정 고객의 구매 빈도 감소

이 사장은 놀란 표정으로 강현우를 바라보았다. "와... 정말 자세하게 분석하셨네요. 이렇게 보니 우리가 직면한 문제가 얼마나 복잡한지 실감이 납니다."

강현우는 고개를 끄덕였다. "네, 하지만 이런 문제들은 또한 새로운 기회가 될 수도 있습니다. 이제 우리가 이러한 문제들을 어떻게 해결할 수 있을지 하나씩 이야기 나눠보도록 하시죠."

잠시 테이블 위에 놓인 찻잔에 담긴 허브차를 한모금 마시고 천천히 내려놓은 후 강현우는 말했다. "꽃집 운영의 문제를 하나 하나 접근해서 해결하는 것은 어려운 부분입니다. 이 산업의 구조적인 문제이기도 하니까요. 하지만 고정관념을 내려놓고 원점에서 다시 들여다 보면 종종 생각지 못했던 해결책이 보이곤 합니다."

이수연 사장은 지금 이야기의 반정도만 이해가 되었지만 고개를 짐짓 끄덕여 보였다. 강현우도 미소지으며 말을 이어갔다. "이제부터 해결책을 찾아보는 첫 단추로 먼저 꽃가게 업종에 대한 우리의 고정관념부터 정리해보는 건 어떨까요?"

이 사장은 그 정도는 할 수 있겠다는 생각이 들었다. 그래서 이번에는 고개를 크게 끄덕였다. "네, 좋아요. 어떻게 시작하면 될까요?"

강현우는 화이트보드에 '꽃가게 업계의 고정관념'이라고 적었다. "꽃가게 업종에서 우리가 당연하다고 생각하는 것들을 나열해봐요. 제가 먼저 하나 적어볼게요."

그는 보드에 첫 번째 항목을 적었다.

꽃이나 화초를 사간 사람들이 꽃을 가꾸는 건 구매 고객의 몫이다.

이 사장이 고개를 끄덕이며 말했다. "맞아요. 그리고 이런 것도 있죠." 2. 구매해간 꽃이 빨리 시들수록 고객은 슬프지만 꽃가게는 매출에 도움이 된다.

그들은 계속해서 이야기 나누며 고정관념들을 적어 내려갔다.

- 식물은 그냥 관상용이다. (고객과 반려동물 같은 정서적 교감이 생기지는 않는다)
- 꽃가게로 타 꽃가게와 차별화할 수 있는 부분은 꽃 품종, 가격, 꾸미기 정도이다.
- 꽃이나 화초는 모양과 용도로 판매된다. (꽃의 의미 부여는 중요하지 않다.)
- 꽃가게는 특별한 날에만 방문하는 곳이다.
- 꽃은 럭셔리한 소비재이다.
- 꽃가게는 오프라인 매장에서만 운영된다.
- 꽃 관리는 전문가만 할 수 있다.
- 꽃가게는 꽃만 판다.

목록을 완성한 후, 강현우가 말했다. "좋습니다. 이제 이 고정관념들을 뒤집어보면서 새로운 시각을 가져보는 건 어떨까요? 일명 '안 될 이유 없잖아' 질문인 'Why Not' 질문을 만들어봐요."

그들은 다음과 같은 Why Not 질문들을 만들었다.

- 꽃이나 화초를 사간 사람말고 꽃가게에서도 이를 가꾸는 데

도움을 주지 못할 이유는 없잖아?

- 꽃이나 화초가 오랫동안 잘 피어 있을수록 꽃가게 매출에 도움이 되지 못할 이유는 없잖아?
- 식물을 반려동물처럼 대하는 정서적 연결점을 만들지 못할 이유는 없잖아?
- 꽃의 종류, 가격, 꾸미기가 아닌 다른 부분으로 차별화하지 못할 이유는 없잖아?
- 꽃이나 화초의 모양과 용도말고 다른 판매 포인트로 접근하지 못할 이유는 없잖아?
- 꽃가게를 꽃을 구매하지 않아도 일상적으로 방문하는 곳으로 만들지 못할 이유는 없잖아?
- 꽃을 일상생활에 불필요한 사치품이 아닌 필수품으로 만들지 못할 이유는 없잖아?
- 고객들에게 오프라인 매장이 아닌 다른 곳에서 판매하지 못할 이유는 없잖아?
- 고객들도 전문가 못지않은 꽃 관리를 스스로 하지 못할 이유는 없잖아?
- 꽃가게에서 꽃 판매가 아닌 다른 것으로 더 많은 수익을 내지 못할 이유는 없잖아?

그는 잠시 생각에 잠겼다가 말을 이어갔다. "이 사장님, 우리 일주일 정도 시간을 가지고 위 질문을 음미해보고 각자 해결 방안을 고민해보는 건 어떨까요? 그 후에 다시 만나서 아이디어를 나누어 보면 좋을 것 같아요."

이 사장은 동의했다. "네, 좋은 생각이에요. 저도 열심히 고민해보겠습니다."

일주일 후, 두 사람은 다시 꽃가게에서 만났다.
그들은 각자 생각해 온 아이디어를 기반으로 브레인스토밍을 통해 다음과 같은 20개의 아이디어를 만들어냈다.

1. 플로라 클리닉: 구매 후 꽃 관리 서비스
2. 꽃 수명 연장 프로그램
3. 반려식물 돌봄 서비스
4. 꽃말 카드 제공 서비스
5. 꽃 구독 서비스
6. 일상 꽃 장식 컨설팅
7. 저가형 미니 꽃다발 상품

8. 온라인 꽃 주문 및 관리 앱

9. 꽃 관리 교실 운영

10. 꽃과 함께하는 카페

11. 식물 테라피 프로그램

12. 기업 대상 꽃 장식 서비스

13. 꽃 DIY 키트 판매

14. 가상현실(VR) 꽃 정원 체험

15. 친환경 포장재 사용

16. 지역 농가와 연계한 신선한 꽃 공급

17. 꽃을 활용한 요리 클래스

18. 계절별 꽃 축제 개최

19. 꽃 관련 소품샵 확대

20. 꽃 사진 촬영 서비스

그리고 제거법을 사용하여 현실적이지 못하거나 효과가 적을 것 같은 아이디어를 뺀 후 10개 아이디어를 남겼다. 강현우는 노트북을 펴며 말했다. "자, 이제 논의를 통해 남은 아이디어들을 공유해드리겠습니다."

그는 화면을 이 사장에게 보여주며 설명을 시작했다.

꽃가게 문제 해결을 위한 전략:

1. 꽃 관리 클리닉 & 멤버십 서비스
    - 월 구독료를 받고 정기적인 꽃 점검 및 관리 조언 제공
    - 꽃 구매 시 할인 혜택 제공
    - 계절별 꽃 관리 팁 뉴스레터 발송
    - B2B 서비스: 사무실, 호텔, 레스토랑 등에 정기적인 꽃 관리 및 교체 서비스 제공

2. 꽃 언어 상담소 & 스토리텔링 서비스
    - 꽃의 의미와 언어를 상세히 설명하는 상담 서비스 제공
    - 모든 꽃에 꽃말과 의미가 적힌 미니 카드 첨부
    - 시즌별 특별 에디션 카드 제작
    - 꽃 언어 북 출간 (추가 수익원)

3. 디지털 마케팅 강화
    - 인스타그램: 매일의 꽃 스토리, 꽃 관리 팁 공유, 고객 참

여형 콘텐츠 제작
- 유튜브: "꽃과 함께하는 5분" 시리즈, 계절별 꽃 장식 아이디어 영상 제작
- 블로그: 꽃 기르기 가이드, 꽃 언어 사전, 고객 스토리 공유

4. 환경 친화적 이미지 구축
- "꽃 생명 연장 프로그램"으로 클리닉 서비스 브랜딩
- 시든 꽃을 활용한 업사이클링 워크샵 개최
- 생분해성 포장재 사용 및 홍보

5. 특화된 테마 상품 개발
- 계절, 기념일, 트렌드에 맞는 특별한 테마의 꽃다발 상품 개발
- 반려식물, 테라리움 등 장기적으로 키울 수 있는 상품군 확대

6. 체험형 원데이 클래스
- 꽃꽂이, 플라워 박스 만들기 등의 클래스 운영

- 추가 수익원 창출 및 잠재 고객 유치

7. 지역 농가와의 협력
    - 근처 화훼 농가와 직접 연계하여 신선한 꽃 공급
    - '로컬 꽃' 브랜딩으로 차별화

8. 기업 및 지역 커뮤니티 연계
    - 주변 기업들과 제휴하여 정기적인 오피스 꽃 장식 서비스 제공
    - 지역 행사나 결혼식장과 연계한 대량 주문 유치

9. 온오프라인 통합 서비스
    - 온라인 주문 시스템 구축
    - '클릭앤콜렉트' 서비스 도입: 온라인 주문 후 매장에서 직접 꽃 선택 가능

10. 꽃 관련 소품샵 확대
    - 꽃과 어울리는 소품, 화병, 원예 도구 등을 함께 판매
    - 원스톱 쇼핑 경험 제공

이 사장은 놀란 표정으로 강현우를 바라보았다. "와... 정말 대단해요. 이렇게 다양하고 구체적인 아이디어들이 나왔다니 마음이 너무 든든합니다."

강현우는 미소를 지으며 대답했다. "사실 이 아이디어들은 꽃가게 업종의 구조적 문제점 해결에 도움이 되는지와, 고객의 니즈가 존재하는지 여부에 따라 한번 더 정리할 필요가 있어요."

이 사장은 고개를 끄덕이며 말했다. "정말 그럴 것 같아요. 그럼 이 중에서 어떤 것을 선택해야 할까요?"

강현우가 말했다. "이제 이 아이디어들을 우리가 앞서 정리했던 꽃가게 운영상의 문제점 10가지와 최근의 트렌드 5가지와 매칭해 봐야 해요. 그래야 실제로 우리의 문제를 해결하면서도 고객의 니즈를 충족시킬 수 있는 아이디어를 선별할 수 있을 거예요."

그들은 각 아이디어를 꽃가게의 문제점과 트렌드에 매칭해보며 평가했다.

- 플로라 클리닉: 재고 관리 문제 해결, 차별화된 서비스 제공,

환경 의식 증가 트렌드 반영

- 꽃 구독 서비스: 계절성 수요 변동 문제 해결, 안정적인 수익원 확보, MZ세대의 소비 패턴 변화 반영
- 온라인 꽃 주문 및 관리 앱: 디지털 마케팅 역량 부족 문제 해결, 온라인 꽃 배달 서비스와의 경쟁력 확보
- 꽃말 카드 제공 서비스: 차별화된 서비스 제공, 젊은 세대의 감성적 니즈 충족
- 반려식물 돌봄 서비스: 새로운 수익원 창출, 환경 의식 증가 트렌드 반영, 정서적 안정 제공

이런 식으로 모든 아이디어를 평가한 후, 그들은 가장 효과적으로 문제를 해결하고 트렌드를 반영하는 top 5 아이디어를 선정했다.

1. 꽃 관리 클리닉
2. 꽃 구독 서비스
3. 온라인 꽃 주문 및 관리 앱
4. 꽃 언어 상담소
5. 반려식물 돌봄 서비스

이 사장이 말했다. "이 아이디어들을 실현하려면 우리 가게의 컨셉 자체를 바꿔야 할 것 같아요. 새로운 이름도 필요할 것 같고요."

강현우가 미소 지으며 제안했다. "'플로라 오아시스'는 어떠세요? 꽃과 식물이 주는 휴식과 치유의 의미를 담고 있어요."

이 사장의 눈이 반짝였다. "와, 정말 좋네요! 새로운 시작을 알리는 완벽한 이름인 것 같아요."

강현우가 말했다. "좋습니다. 오늘은 시간이 많이 흘렀으니 이제 며칠 후 다시 뵙고 이 top 5 아이디어를 중심으로 구체적인 실행 계획을 세워볼까요?"

3일 후 다시 만난 그들은 밤늦도록 새로운 '플로라 오아시스'의 미래를 그려나갔다.

이 사장은 의욕 넘치지만 동시에 약간 걱정 섞인 목소리로 말했다. "이제는 뭘 해야 할지 조금 선명해진 것 같아요. 그래도 한번에 하기에는 너무 일이 많네요."

강현우도 동의했다. "맞아요. 우선순위를 정해서 단계적으로 실행해 나가는 게 좋을 것 같아요. 어떤 것부터 시작하고 싶으세요?"

이 사장은 잠시 생각에 잠겼다가 말했다. "음... '꽃 관리 클리닉'과 '꽃 언어 상담소'가 가장 흥미로워 보여요. 이건 우리의 전문성을 잘 살릴 수 있는 방법 같아요."

강현우는 고개를 끄덕였다. "좋은 선택이에요. 이 두 가지를 중심으로 시작해보는 건 어떨까요? 그리고 점진적으로 다른 아이디어들도 도입해 나가면 좋을 것 같아요."

이 사장의 눈이 반짝였다. "네, 그렇게 해보고 싶어요. 그런데... 이걸 어떻게 시작해야 할지 모르겠어요. 특히 디지털 마케팅 부분이 가장 걱정되네요."

강현우는 따뜻한 미소를 지으며 말했다. "걱정 마세요. 제가 도와드리겠습니다. 우선은 작은 것부터 시작해봐요. 인스타그램 계정을 만들고, 매일 한 장씩 예쁜 꽃 사진을 올리는 것부터 시작하면 어떨까요?"

이 사장은 고개를 끄덕였다. "그 정도는 할 수 있을 것 같아요. 그런데 꽃 관리 클리닉은 어떻게 시작하면 좋을까요?"

강현우는 잠시 생각에 잠겼다가 말했다. "우선 기존 고객들을 대상으로 무료 체험 이벤트를 해보는 건 어떨까요? 꽃이나 화초를 구매한 고객들에게 일주일 후 식물의 상태를 확인해주고, 관리 팁을 제공하는 거예요. 고객이 사진을 3~4장 찍어서 꽃집의 비즈니스 메신저로 보내면 사장님이 간단한 코칭을 해주는 거죠."

이 사장의 표정이 밝아졌다. "아, 그거 좋은 생각이네요! 고객들의 반응도 볼 수 있고, 저희도 경험을 쌓을 수 있겠어요."

강현우는 고개를 끄덕였다. "맞아요. 그리고 꽃 언어 상담소는 간단한 카드부터 시작해보는 게 어떨까요? 각 꽃다발에 꽃의 의미와 관리법이 적힌 예쁜 카드를 넣어드리는 거예요."

"와, 그거 정말 좋을 것 같아요! 고객들이 좋아할 것 같아요."

두 사람은 각 아이디어에 대한 개략적인 계획을 수립하고, 필요한 자원과 예산을 적어봤다. 그리고 단계별 실행 전략과 예상되는 어려움, 그리고 그에 대한 대응 방안까지 너무 자세하지도 엉성하지도 않은 수준으로 메모했다.

강현우는 노트북을 닫으며 말했다. "좋습니다. 그럼 이렇게 시작해보죠. 2주 동안 이 두 가지를 실행해보고, 그 후에 다시 만나서 결과를 평가해보는 건 어떨까요?"

이 사장은 기쁘게 동의했다. "네, 그렇게 해요. 정말 감사합니다, 강 사장님."

2주 후, 강현우는 다시 꽃가게를 찾았다. 이번에는 가게 분위기가 조금 달라 보였다. 벽면에는 인스타그램 해시태그가 적힌 포스터가 붙어 있었고, 카운터 옆에는 '꽃 관리 클리닉' 안내문이 세워져 있었다.

이 사장은 환한 미소로 강현우를 맞이했다. "강 사장님, 와주셔서 감사해요. 믿기지 않을 정도로 많은 변화가 있었어요!"

강현우는 관심 있게 물었다. "오, 정말요? 어떤 변화가 있었나요?"

이 사장은 흥분된 목소리로 말했다. "우선, 인스타그램 팔로워가 300명이나 늘었어요. 매일 꽃 사진을 올리는 것만으로도 이렇게 반응이 좋을 줄 몰랐어요. 그리고 기존 고객 포함해서 꽃 관리 클리닉 체험을 해본 고객들의 반응이 정말 좋았어요. 몇몇 분들은 이미 멤버십 가입에 관심을 보이셨죠."

강현우는 기쁜 표정으로 고개를 끄덕였다. "와, 정말 좋은 소식이네요. 꽃 언어 카드는 어땠나요?"

"아, 그것도 정말 인기 있었어요! 고객들이 카드를 보고 감동했다는 이야기를 많이 들었어요. 심지어 카드만 따로 구매하고 싶다는 분들도 계셨죠."

강현우는 만족스러운 표정을 지었다. "정말 훌륭해요, 사장님. 이렇게 짧은 시간 안에 큰 변화를 만들어내다니 대단해요."

이 사장은 겸손하게 말했다. "모두 강 사장님 덕분이에요. 이제 정말 희망이 보이는 것 같아요."

강현우는 고개를 끄덕이며 말했다. "이제 시작일 뿐이에요. 앞으로 더 많은 아이디어를 실행해 나가면, 분명 더 큰 성과가 있을 거예요."

그는 잠시 생각에 잠겼다가 말을 이었다. "다음 단계로는 어떤 것을 해보고 싶으세요?"

이 사장은 잠시 고민하다가 대답했다. "음... 체험형 원데이 클래스를 해보고 싶어요. 요즘 사람들이 이런 체험을 좋아하더라고요. 그리고 환경 친화적 이미지도 구축하고 싶어요."

강현우는 흥미롭다는 표정으로 고개를 끄덕였다. "좋은 생각이에요. 원데이 클래스는 새로운 고객층을 유치할 수 있는 좋은 방법이 될 거예요. 그리고 환경 친화적 이미지는 요즘 트렌드와도 잘 맞죠."

그는 잠시 생각에 잠기더니 말을 이어갔다. "원데이 클래스는 '봄맞이 플라워 박스 만들기' 같은 테마로 시작해보는 건 어떨까요? 그리고 환경 친화적 이미지는 생분해성 포장재를 도입하고, 이를 적극적으로 홍보하는 것부터 시작해보면 좋을 것 같아요."

이 사장의 눈이 반짝였다. "오, 그거 정말 좋은 아이디어네요! 언제부터 시작할 수 있을까요?"

강현우는 미소를 지으며 대답했다. "준비 기간이 필요하겠죠. 2주 정도 준비 시간을 가지고, 그 다음주부터 시작하는 건 어떨까요? 제가 마케팅 전략 수립을 도와드릴게요."

이 사장은 기쁘게 동의했다. "네, 좋아요. 정말 기대되네요!"

강현우는 일어서며 말했다. "좋습니다. 그럼 2주 후에 다시 만나서 진행 상황을 확인해보죠. 그동안 궁금한 점이 있으면 언제든 연락주세요."

이 사장은 감사의 인사를 전했다. "정말 감사합니다, 강 사장님.

덕분에 새로운 희망을 갖게 됐어요."

강현우는 꽃가게를 나서며 깊은 만족감을 느꼈다. 그는 이 작은 꽃가게의 변화가 단순히 비즈니스의 성공을 넘어, 지역 사회에 활기를 불어넣는 계기가 될 수 있다는 걸 직감했다. 그리고 그 과정에 자신이 일조했다는 사실에 뿌듯함을 느꼈다.

2주 후, '행복한 꽃집'은 '플로라 오아시스'로 간판을 바꾸고 새로운 서비스를 시작했다. 하지만 초기 소수로부터 얻었던 반응과 달리 사업이 궤도에 오르기까지 순탄치만은 않았다.

꽃 관리 클리닉 서비스를 본격 시작했지만, 예상과 달리 고객들의 반응이 처음보다는 시큰둥했다. 많은 사람들이 꽃을 사고 난 뒤 관리받는 것에 대해 낯설어했고, 추가 비용을 지불하는 것을 꺼려 했다.

꽃 구독 서비스도 어려움을 겪었다. 처음에는 몇몇 열성적인 고객들만 가입했을 뿐, 대부분의 사람들은 정기적으로 꽃을 받는 것에 대해 부담스러워 했다.

온라인 주문 앱은 개발 비용이 예상보다 많이 들었고, 완성 후에도 초기에는 기술적 문제로 인해 주문이 제대로 처리되지 않는 경우가 있었다.

꽃말 카드는 반응이 좋았지만, 카드 제작 비용이 예상보다 높아 수익성에 문제가 있었다.

반려식물 돌봄 서비스는 수요가 적어 전담 직원을 두기가 어려웠다.

한 달이 지나고 이 사장은 약간의 힘이 빠지는 것을 느꼈다. "강사장님, 이대로 가다가는 매출보다 지출이 한참 커질 것 같은데 어떡하죠?"

강현우도 걱정이 되었지만, 침착하게 대응했다. "이 사장님, 변화에는 항상 어려움이 따르기 마련이에요. 우리가 해야 할 일은 포기하는 게 아니라, 문제의 원인을 정확히 파악하고 해결책을 찾는 거예요."

그들은 다시 한번 머리를 맞대고 각 서비스의 문제점을 분석하기 시작했다.

문제 분석 결과, 그들은 몇 가지 중요한 개선점을 발견했다.

1. 꽃 관리 클리닉: 무료 체험 기회를 제공하여 서비스의 가치를 직접 경험하게 했다.
2. 꽃 구독 서비스: 다양한 가격대와 주기의 옵션을 추가하여 고객의 선택폭을 넓혔다.
3. 온라인 주문 앱: 베타 테스터를 모집하여 실제 사용자 피드백을 반영해 개선했다.

4. 꽃 언어 상담소: 지역 예술가들과 협업하여 독특하고 예술적인 디자인을 개발했다.
5. 반려식물 돌봄 서비스: 온라인 상담과 원격 관리 옵션을 추가하여 효율성을 높였다.

또한 그들은 각 서비스를 유기적으로 연결하는 방법을 고안했다. 예를 들어, 꽃 구독 서비스 고객에게는 꽃 관리 클리닉 서비스를 할인된 가격에 제공하고, 온라인 주문 앱을 통해 꽃 언어 상담 서비스를 쉽게 이용할 수 있게 했다.

이러한 개선 노력이 결실을 맺기 시작했다. 3개월이 지나자 '플로라 오아시스'의 매출은 서서히 상승하기 시작했고, 6개월 후에는 예전 잘 나가던 시절의 '행복한 꽃집' 시절의 매출을 넘어섰다.

특히 플로라 클리닉으로 이름을 바꾼 꽃 관리 서비스는 입소문을 타고 인기를 끌었다. 구매해 간 꽃과 화초를 건강하게 오래 즐길 수 있게 되자 고객들의 만족도가 높아졌고, 이는 재구매로 이어졌다. 나중에 알게 된 사실이지만 고객은 집에서 화초를 기르다가 시들어 버리면 자신이 화초기르기에 재능이 없거나 생명을 지키지 못했던 가벼운 자책감 같은 것을 느낀다. 이는 재구매로 이어지기도 하지만 아예 고객 자체의 이탈로 연결되기도 한다. 그래서 이곳의 플로라 클리닉이 고객 유지 및 개발에 특별한 가치가 있는 것이다.

이수연 사장은 처음에는 플로라 클리닉을 자신의 꽃가게의 고객에게만 제공했지만 입소문이 퍼지고 다른 꽃가게에서 사서 기르던 화초의 클리닉을 원하는 고객의 문의가 많아서 아예 멤버십 형태로 어느 곳에서 꽃을 구매했더라도 멤버십 가입 후 회비만 납부하면 해당 서비스를 제공하는 방향으로 바꾸었다.

일종의 꽃 구독 서비스도 안정적인 수익원이 되었으며, 온라인 주문 앱은 젊은 층을 중심으로 인기를 얻었다.

1년 후, '플로라 오아시스'는 지역 명소가 되었다. 단순히 꽃을 사는 곳이 아니라, 꽃과 함께 힐링을 경험할 수 있는 공간으로 자리 잡았다.

이 사장은 감격에 겨워 말했다. "강 사장님, 정말 감사합니다. 덕분에 가게가 살아났어요. 아니, 새롭게 태어났다고 해야 할까요?"

강현우는 미소 지으며 대답했다. "이 사장님의 노력이 가장 컸죠. 저는 그저 방향을 제시했을 뿐이에요. 앞으로도 계속 혁신하고 발전해 나가세요."

그 다음 해에도 강현우는 결혼기념일을 맞아 '플로라 오아시스'를 찾았다. 가게는 활기찬 손님들로 가득 차 있었고, 이 사장은 환한 미소로 그를 맞이했다.

"강 사장님, 어서 오세요. 덕분에 이렇게 번창하고 있어요. 이제는 프랜차이즈 문의도 들어오고 있답니다."

강현우는 밝게 덕담을 건네며 기쁜 마음으로 꽃다발을 골랐다. 계산대에서 그는 깜짝 놀랐다. 꽃다발과 함께 제공되는 꽃말 카드에는 그의 이름이 적혀 있었다.

"하~ 사장님 이건 뭘까요?"

이 사장이 웃으며 설명했다. "강 사장님을 위한 특별한 선물이에요. 강 사장님 덕분에 저희가 이렇게 성장할 수 있었잖아요. 그 감사의 마음을 담아 강 사장님의 이름을 딴 꽃말 카드를 만들었어요. '강현우'라는 이름의 의미를 담아 '강건하고 현명한 친구를 의미하는 꽃'이라고 이름 붙였죠."

감동한 강현우는 말을 잇지 못했다. 그는 이 작은 꽃집을 살리기 위해 작게 시작한 일이 이렇게 좋은 변화를 가져온 것에 다시금 감사한 마음이었다.

가게를 나서며 강현우는 생각했다. '작은 변화가 이렇게 큰 차이를 만들 수 있구나. 그 무엇보다 신혼때부터 앞으로 마누라가 호호 할머니가 될 때까지 계속 같은 꽃집에서 기념 꽃다발을 사갈 수 있을 것 같아서 좋군.'

그는 꽃다발을 품에 안고 봄바람 속을 걸어갔다. 그의 발걸음은 어느 때보다 가벼웠고, 마음속에는 새로운 꿈이 피어나고 있었다.

9장에서 사용된 접근법 설명

Why Not 접근법

활용 가능한 상황
- 혁신적인 아이디어가 필요할 때
- 기존의 비즈니스 모델을 개선하고자 할 때
- 새로운 시장 기회를 발굴하고자 할 때
- 조직의 고정관념을 깨고 싶을 때
- 창의적인 문제 해결이 필요할 때

목적

Why Not 접근법은 기존의 고정관념을 타파하고 혁신적인 아이디어를 도출하기 위한 창의적 문제 해결 방법입니다. 현재의 상황이나 관행에 의문을 제기하고 새로운 가능성을 탐색함으로써, 기존에 생각하지 못했던 혁신적인 해결책을 찾을 수 있습니다.

주요 요소
- 고정관념 도출: 해당 분야나 문제에 대한 일반적인 가정과 믿음을 나열합니다.
- Why Not 질문 생성: 각 고정관념에 대해 "Why Not" 질문을

만들어 기존 사고를 뒤집습니다.
- 아이디어 평가: 생성된 아이디어들을 문제 해결의 가치와 실현 가능성 측면에서 평가합니다.
- 구체적 솔루션 도출: 선정된 아이디어에 대해 구체적인 실행 방안을 개발합니다.

적용 예시

꽃가게 비즈니스 모델 혁신:
- 고정관념: "꽃가게는 꽃만 판다."
- Why Not 질문: "Why not 꽃 외의 다른 제품이나 서비스를 함께 제공할까?"
- 아이디어 평가: 플로라 클리닉 (꽃 관리 서비스) - 차별화된 서비스로 고객 만족도 증가 예상
- 구체적 솔루션: 월간 멤버십 프로그램 도입, 온라인 꽃 관리 교육 콘텐츠 제작 및 배포

기대 효과
- 혁신적인 아이디어 발굴
- 기존 비즈니스 모델의 획기적 개선
- 새로운 시장 기회 발견
- 조직의 창의적 문제 해결 능력 향상
- 경쟁 우위 확보를 위한 차별화 전략 수립

Why Not 접근법을 통해 기업은 기존의 사고 방식에서 벗어나 새로운 관점에서 문제를 바라보고 혁신적인 해결책을 찾을 수 있습니다. 이는 비즈니스 모델 혁신, 새로운 제품 또는 서비스 개발, 그리고 조직의 전반적인 혁신 문화 조성에 크게 기여할 수 있습니다.'

10화. 혁신의 대결

10화: 혁신의 대결

"자, 여러분. 우리의 '스마트 라이프 플랫폼' 비즈니스 모델을 함께 디자인해 봅시다."

민지는 회의실 벽면 가득 붙은 비즈니스 모델 캔버스를 가리키며 말했다. 팀원들의 눈빛이 반짝였다.

"먼저 고객 세그먼트부터 시작해볼까요? 우리의 주요 고객은 누구일까요?" 민지가 물었다.

"음, 이제는 단순히 가전제품 구매자가 아니라 '스마트 라이프'를 원하는 모든 사람들이 될 것 같아요." 마케팅팀 김 과장이 의견을 냈다.

"좋아요. 그럼 이 고객들에게 우리가 제공할 가치는 뭘까요?"

"단순한 제품이 아닌 삶의 질을 높이는 종합적인 서비스요!" 개발팀 이 대리가 외쳤다. "고객의 일상 전반을 아우르는 스마트 솔루션을 제공하는 거죠."

민지는 고개를 끄덕이며 캔버스에 아이디어들을 적어나갔다.
"채널은 어떻게 할까요? 기존의 유통망으로는 부족할 것 같은데요."

토론은 밤늦게까지 이어졌다. 수익원, 핵심 자원, 핵심 활동, 파트너십 등 비즈니스 모델의 모든 요소를 하나하나 채워나갔다.
일주일 뒤, 민지는 완성된 비즈니스 모델 캔버스를 들고 임원회의에 참석했다.

"여러분, 이것이 한국전자의 미래를 이끌어갈 '스마트 라이프 플랫폼' 비즈니스 모델입니다."

민지의 열정적인 발표가 시작되었다. "우리는 더 이상 단순한 가전제품 제조업체가 아닙니다. 우리는 고객의 삶 전체를 스마트하게 만드는 플랫폼 기업으로 거듭나야 합니다."

그녀는 새로운 비즈니스 모델의 핵심 요소들을 설명했다.

- 플랫폼 기반 서비스: 모든 스마트 기기와 서비스를 연결하는 중앙 허브 역할
- 구독 모델: 하드웨어와 소프트웨어를 포함한 종합적인 스마트 라이프 서비스 구독제 도입
- 파트너십 생태계: 기존의 대형 콘텐트 제공업체들과의 협력
- 데이터 기반 개인화: 사용자 데이터를 활용한 개인화 서비스 제공
- IoT와 AI 통합: 모든 기기와 서비스를 AI로 통합 제어

"이 모델을 통해 우리는 지속적인 수익을 창출하면서, 고객의 삶에 더 깊이 관여할 수 있습니다. 또한, 파트너십을 통해 혁신의 속도를 높이고 새로운 시장을 계속해서 개척할 수 있습니다."

임원들의 표정이 밝아졌다. "훌륭해요, 서 부장. 이 모델이라면 우리가 시장을 선도할 수 있을 것 같아요." 김 부사장이 칭찬했다.

그러나 기쁨도 잠시, 다음 날 아침 민지의 태블릿에서 긴급 뉴스 알림이 울렸다.

"미래전자, 혁신적인 '라이프OS' 발표... 업계 판도 변화 예고"

민지는 충격에 빠졌다. 미래전자가 발표한 '써클넷(CircleNet)'은 민지가 구상한 '스마트 라이프 플랫폼'과 놀랍도록 유사했다.

"이건... 우리가 준비하던 것과 너무 비슷해." 민지는 중얼거렸다.

CircleNet은 일상 생활의 모든 측면을 통합 관리하는 AI 기반 운영체제였다. 사용자의 생활 패턴을 학습하고 최적화된 서비스를 제공하는 이 시스템은 민지가 구상한 '스마트 라이프 플랫폼'의 핵심 아이디어와 일치했다.

민지의 마음은 무거워졌다. 그때 김 회장으로부터 연락이 왔다.

"서 부장, 한달 후 임원회의에서 미래전자의 발표 내용 대비 우리의 경쟁력 있는 방향을 설명해주게. 자네를 믿겠네."

며칠 동안 해결책을 찾지 못한 민지는 결국 강현우 코치에게 연락을 취했다.

"코치님, 시간 괜찮으세요? 조언이 필요합니다."

"그래요, 민지 씨. 무슨 일인가요?"

민지는 한숨을 쉬며 말했다. "미래전자가 우리와 비슷한 플랫폼을 먼저 발표해버렸어요. 어떻게 해야 할지 모르겠습니다."

강현우는 잠시 침묵했다. "음... 민지 씨, 미래전자의 시스템에 대해 어떻게 생각하세요?"

"글쎄요... 확실히 혁신적이에요. 하지만 어딘가 획일적인 느낌이 들어요."

"획일적이라... 구체적으로 어떤 면에서요?"

민지는 잠시 생각에 잠겼다. "모든 사용자에게 동일한 서비스를 제공하는 것 같아요. 하지만 실제로 각 개인의 니즈는 다 다르잖아요."

강현우의 목소리에 힘이 실렸다. "바로 그거예요! 민지 씨, 우리가 놓치고 있는 게 뭘까요?"

민지의 눈이 커졌다. "초개인화...? 각 사용자에게 완전히 맞춤화 된 서비스?"

"정확해요. 그리고 또 하나, 미래전자 시스템의 또 다른 한계는 뭘 까요?"

민지는 잠시 고민하다 대답했다. "아, 프라이버시 문제요! 모든 데이터가 중앙화되어 있어 보안 위험이 크죠."

강현우가 웃으며 말했다. "훌륭해요, 민지 씨. 이제 우리는 '초개인화'와 '분산형 프라이버시'에 초점을 맞출 수 있어요. 각 사용자의 특성과 필요에 완벽히 맞춘 서비스를 제공하면서도, 데이터는 안전하게 보호하는 거죠."

민지의 얼굴이 밝아졌다. "그리고 사용자가 자신의 데이터를 직접 통제할 수 있게 하는 거군요!"

"맞아요. 이제 이 아이디어를 어떻게 구체화할 수 있을까요?"

민지는 잠시 생각에 잠겼다가 말했다. "블록체인 기술을 활용한 분산형 스마트 라이프 플랫폼은 어떨까요? 사용자의 데이터는 개인 노드에 저장되고, AI는 로컬에서 작동하되 필요한 경우에만 클라우드와 통신하는 거예요."

강현우가 고개를 끄덕였다. "좋은 생각이에요. 그렇게 하면 프라이버시도 보장되고 서비스의 안정성도 높아질 거예요."

"그리고 오픈소스 커뮤니티와 협력해 다양한 맞춤형 서비스를 개발할 수 있게 하면 어떨까요?" 민지가 덧붙였다.

"훌륭해요! 이렇게 하면 미래전자와는 완전히 다른 접근 방식이 될 거예요. 이제 이 아이디어를 어떻게 검증할 수 있을까요?"

민지는 잠시 생각하다 말했다. "MVP 테스트를 해봐야 할 것 같아요. 소규모 사용자 그룹을 대상으로 프로토타입을 출시해 볼까요?"

강현우가 미소 지었다. "좋은 생각이에요. 그리고 이번엔 사용자들을 개발 과정에 직접 참여시켜 보는 건 어떨까요? 오픈 이노베이션 방식으로요."

민지의 눈이 반짝였다. "아, 그거 좋은 아이디어네요! '코크리에이션(Co-creation)' 프로젝트를 런칭해서 사용자들과 함께 플랫폼을 발전시키는 거예요."

"완벽해요, 민지 씨. 이제 구체적인 실행 계획을 세워봐요. 어떤 단계로 진행하면 좋을까요?"

두 사람은 깊은 밤까지 대화를 나누며 세부 계획을 수립해 나갔다. 민지는 이 대화를 통해 새로운 에너지와 자신감을 얻었고, 다음 날 아침 회사로 돌아가 즉시 팀을 소집했다.

"우리의 핵심 가치제안을 '초개인화된 분산형 스마트 라이프 플랫폼'으로 변경해요. 사용자의 데이터 주권을 사용자에게 다시 돌려주고 프라이버시를 완벽히 보장하면서도 맞춤형 서비스를 제공하는 거죠."

팀은 2주 동안 밤낮으로 작업했다. 그들은 '라이프블록(LifeBlock)'이라는 프로젝트명으로 MVP를 개발하고, 오픈 이노베이션 플랫폼을 구축했다. 그리고 남은 2주 동안 소비자 참여하에 피드백을 수집하고 이 제품이 정말로 가치있을지에 대한 가설을 검증해 나가는 작업을 반복했다.

금요일 저녁 7시반, 한국전자 사옥 로비. 민지는 운동복 차림으로 초조하게 시계를 보고 있었다.

"팀장님, 기다리셨어요?"

이주영이 상기된 얼굴로 뛰어왔다.

"아니요, 나도 방금 왔어요. 근데 주영 씨, 우리 정말 괜찮을까요?"

민지의 목소리에는 불안감이 묻어났다. 다음 주 월요일 임원회의에서 'LifeBlock' 프로젝트를 발표해야 하는 부담감이 그녀를 짓누르고 있었다.

"걱정 마세요, 팀장님. 오늘 밤엔 그런 걱정은 잠시 내려 놓으세요. 우리, 달리기에만 집중해요!"

두 사람은 한강공원으로 향했다. 도착하자 이미 십여 명의 사람들이 모여 있었다. 형형색색의 운동복을 입은 사람들이 각자 준비운동을 하는 모습이 낯설면서도 신선했다.

현장에 도착한 민지와 주영은 간단히 출석 체크를 마쳤다. 특별한 소개나 인사 없이, 그들은 곧바로 준비 운동에 합류했다.

"자, 모두 준비되셨나요? 오늘은 최대 12km 코스로 뛰겠습니다. 초보자는 5~7km, 숙련자는 12km 코스로 각자 페이스에 맞춰 뛰시면 됩니다." 리더로 보이는 사람이 간단히 안내했다.

곧 모임이 시작되었다. 민지와 주영은 초보자 그룹에 합류했다.

한강변을 따라 달리기 시작하자, 민지는 점차 주변 풍경에 빠져들었다. 강물에 비치는 도시의 불빛, 선선한 바람, 발걸음 소리가 어우러져 마치 다른 세상에 온 것 같았다.

달리는 동안 대화는 거의 없었다. 때때로 주영이 민지의 페이스를 확인하는 눈빛을 보내는 정도였다. 민지는 그저 고개를 끄덕이며 달리기에 집중했다.

달리는 동안 민지의 머릿속에선 'LifeBlock' 프로젝트에 대한 발표 시나리오가 정리되기 시작했다. 복잡하게 얽혀있던 아이디어들이 하나둘 풀리는 듯했다.

초반 5km를 지나고 나서는, 민지는 속도를 늦췄다. 서서히 온 몸의 근육이 타오르는 느낌이 들었지만, 그 어느 때보다도 상쾌했다.

초보자로는 선방한 7km 지점 근처에 이르자 숨이 턱까지 차올랐지만 초보자 그룹에 남은 모두가 각자의 성취감에 빠져 있었다. 주변에 있는 사람들과 간단한 마무리 인사 후, 참가자들은 삼삼오오 흩어지기 시작했다.

민지와 주영은 서로를 바라보며 환하게 웃었다.

"팀장님, 어떠셨어요?"

"생각보다 좋았어요. 이렇게 달리니까 머리가 맑아지는 것 같아요."

지하철역까지 함께 택시로 이동하며 민지는 문득 깨달았다. 그동안 프로젝트에 매몰되어 있던 자신을 발견한 것이다. 이 달리기를 통해 얻은 새로운 에너지가 프로젝트에도 도움이 될 것 같았다.

"주영 씨, 다음 주에 또 올까요?"

"네, 당연하죠! 팀장님이 임원회의에서 대박 치고 나서 축하 달리기 한번 더 해요."

민지는 미소 지었다.

드디어 임원회의 당일, 민지는 자신감 있게 발표를 시작했다.

"여러분, 오늘 우리의 새로운 비전인 '라이프블록(LifeBlock)' 프로젝트를 소개드리겠습니다. 이는 미래전자의 '써클넷(CircleNet)'과는 완전히 다른 혁신적인 접근 방식을 가지고 있습니다."

민지가 비교표를 화면에 띄웠다.

특성	미래전자 'CircleNet'	한국전자 'LifeBlock'
데이터 저장	중앙 서버	사용자 개인 노드
프라이버시	중앙화된 관리	사용자 직접 통제
AI 처리	클라우드 기반	엣지 컴퓨팅 + 선택적 클라우드
커스터마이징	제한적	완전한 초개인화

특성	미래전자 'CircleNet'	한국전자 'LifeBlock'
혁신 방식	폐쇄적 내부 개발	오픈 이노베이션
사용자 참여	수동적 소비자	적극적인 공동 창작자
확장성	제한적	무한한 확장 가능
수익 모델	구독제	구독제 + 앱 판매 수익 배분 + 토큰 이코노미
생태계	폐쇄적	개방형, 탈중앙화
보안	중앙화된 취약점	분산형 강화 보안
서비스 제공 속도	네트워크 의존적	로컬 처리로 인한 빠른 응답

임원들 사이에서 술렁임이 일었다.

마케팅 담당 박 부사장이 먼저 입을 열었다. "서 부장, CircleNet은 이미 시장에서 큰 주목을 받고 있어요. 우리가 어떻게 이들과 경쟁할 수 있다고 보시나요?"

민지는 자신감 있게 대답했다. "네, 좋은 질문이십니다. 우리의 핵심 경쟁력은 바로 '초개인화'와 '프라이버시 보장'에 있습니다. CircleNet이 모든 사용자에게 비슷한 서비스를 제공한다면,

LifeBlock은 각 개인의 고유한 니즈에 완벽히 맞춘 서비스를 제공하면서도 데이터 주권을 사용자에게 돌려줍니다."

기술 담당 이 이사가 의문을 제기했다. "하지만 그렇게 되면 서비스 품질이 떨어지지 않을까요? 중앙 서버에서 처리하는 것보다 개인 단말기에서 처리하는 게 성능이 떨어질 텐데요."

민지는 고개를 끄덕이며 답했다. "좋은 지적이십니다. 그래서 우리는 엣지 컴퓨팅 기술을 도입했습니다. 대부분의 처리는 로컬에서 이루어지지만, 필요한 경우에만 클라우드의 도움을 받습니다. 이를 통해 빠른 응답 속도와 높은 성능을 모두 확보할 수 있습니다."

재무 담당 김 상무가 끼어들었다. "비용 측면에서는 어떤가요? 이런 분산형 시스템은 유지보수 비용이 많이 들 것 같은데요."

민지의 눈이 반짝였다. "그 부분도 함께 고민해봤습니다. 초기 개발 비용은 다소 높을 수 있습니다. 하지만 장기적으로 볼 때, 중앙 서버 유지 비용이 크게 줄어들고, 토큰 이코노미를 통한 새로운 수익 모델도 창출할 수 있습니다. 사용자들이 플랫폼 발전에 기여하면 토큰을 보상으로 받고, 이 토큰으로 프리미엄 서비스를 이용할 수 있게 하는 거죠."

인사 담당 최 이사가 물었다. "사용자들이 이렇게 복잡한 시스템을 잘 이해하고 사용할 수 있을까요?"

"네, 사용자는 복잡한 기술을 알지 못해도 우리의 직관적인 사용자 인터페이스를 통해 쉽게 사용할 수 있습니다," 민지가 답했다. "또한, AI 어시스턴트를 통해 사용자들이 쉽게 시스템을 관리하고 최적화할 수 있도록 도울 예정입니다."

잠시 침묵이 흐른 후, CEO인 박 사장이 입을 열었다. "서 부장, 이 시스템의 시장 잠재력은 어떻게 보시나요?"

민지는 잠시 숨을 고르고 대답했다. "네, 중요한 질문이십니다. 우리는 MVP 테스트를 위해 특별한 방법을 사용했습니다. 'Co-creation Lab'이라는 오픈 이노베이션 플랫폼을 만들어 초기 사용자들과 함께 LifeBlock을 개발했습니다."

마케팅 담당 박 부사장이 흥미를 보이며 끼어들었다. "오, 그렇게 하면 사용자들의 실제 니즈를 정확히 파악할 수 있겠네요."

"정확합니다," 민지가 고개를 끄덕이며 말을 이었다. "우리는 이 과정에서 놀라운 결과를 얻었습니다. 참여 사용자의 92%가

LifeBlock이 자신의 일상 생활을 크게 개선했다고 응답했고, 88%가 기존 스마트홈 시스템보다 훨씬 더 만족스럽다고 평가했습니다."

임원들의 표정이 밝아졌고, 회의실은 긍정적인 에너지로 가득 찼다.

"훌륭해요, 서 부장." 김 회장이 미소 지으며 말했다. "이 프로젝트를 즉시 실행에 옮깁시다. 그리고 당신이 직접 이 프로젝트를 총괄해주길 바랍니다."

한 달 후, 한국전자는 'LifeBlock' 프로젝트에 대한 제품 비전 언론 발표회를 가졌다. 업계의 관심은 폭발적이었다.

6개월 후, LifeBlock이 정식으로 출시되었다. 사용자들은 자신의 데이터를 완전히 통제하면서도 초개인화된 서비스를 받을 수 있다는 점에 열광했다. 특히 프라이버시에 민감한 밀레니얼과 Z세대 사용자들 사이에서 빠르게 확산되었다.

"한국전자, '라이프블록(LifeBlock)'으로 스마트라이프 시장 판도 변화... 미래전자는 후속 대응 제품 고민 중"

신문의 헤드라인을 보며 민지는 깊은 안도의 한숨을 내쉬었다. 그러나 그녀는 이것이 끝이 아님을 알고 있었다. 다음 혁신을 위한 여정이 이미 그녀의 마음속에서 시작되고 있었다.

"이제 진정한 의미의 스마트 라이프 혁명이 시작된 거야." 민지는 창밖을 바라보며 중얼거렸다. 그녀의 눈에는 미래를 향한 결연한 의지가 빛나고 있었다.

10장에서 사용된 주요 프레임워크 설명

비즈니스 모델 캔버스 (Business Model Canvas)

활용 가능한 상황
- 새로운 비즈니스 모델을 개발할 때
- 기존 비즈니스 모델을 재검토하거나 개선할 때
- 스타트업의 비즈니스 계획을 수립할 때
- 기업의 전략적 방향을 재정립할 때
- 팀 내에서 비즈니스 모델에 대한 공통 이해를 형성해야 할 때

목적

비즈니스 모델 캔버스는 기업의 비즈니스 모델을 한 눈에 볼 수 있게 시각화한 템플릿입니다. 이를 통해 비즈니스 모델의 핵심 요소들을 체계적으로 정리하고, 새로운 비즈니스 모델을 개발하거나 기존 모델을 개선할 수 있습니다. 또한 팀 내 의사소통과 아이디어 공유를 촉진합니다.

주요 요소
- 고객 세그먼트: 타겟 고객군
- 가치 제안: 고객에게 제공하는 핵심 가치
- 채널: 고객과 소통하고 제품/서비스를 전달하는 방법

- 고객 관계: 고객과의 관계 유형
- 수익원: 수익을 창출하는 방식
- 핵심 자원: 비즈니스 운영에 필요한 주요 자원
- 핵심 활동: 비즈니스 모델 실행을 위한 핵심 활동
- 핵심 파트너십: 주요 협력 관계
- 비용 구조: 비즈니스 운영에 따른 주요 비용

적용 예시
- 전자상거래 스타트업이 새로운 비즈니스 모델을 설계할 때
- 제조업체가 서비스 기반 비즈니스로의 전환을 고려할 때
- 교육 기관이 온라인 학습 플랫폼을 개발할 때
- 소프트웨어 회사가 구독 모델로 전환을 검토할 때

기대 효과
- 비즈니스 모델의 전체적인 구조 파악 용이
- 혁신적인 비즈니스 모델 개발 촉진
- 팀원 간 비즈니스 모델에 대한 이해도 증진
- 빠른 실험과 피벗(pivot)을 위한 기반 제공
- 투자자나 파트너와의 효과적인 커뮤니케이션 도구로 활용

비즈니스 모델 캔버스를 효과적으로 활용하기 위해서는 지속적인 업데이트와 팀 내 토론이 필요합니다. 또한, 실제 시장 데이터와 고객 피드백을 반영하여 모델을 검증하고 개선해 나가는 것이 중요합니다.

MVP (Minimum Viable Product, 최소 존속 제품)

활용 가능한 상황
- 새로운 제품이나 서비스를 출시할 때
- 혁신적인 아이디어의 시장 반응을 테스트할 때
- 제한된 자원으로 빠르게 시장에 진입해야 할 때
- 고객의 니즈를 정확히 파악하고자 할 때
- 제품 개발 방향성에 대한 불확실성이 높을 때

목적
MVP는 최소한의 기능만을 갖춘 제품의 초기 버전을 의미합니다. 이를 통해 최소한의 자원으로 고객 반응을 테스트하고, 제품 개발 방향성을 검증하며, 빠른 학습과 피드백 수집을 가능하게 합니다.

주요 요소
- 핵심 기능: 제품의 핵심 가치를 전달하는 최소한의 기능 세트
- 사용자 피드백 수집 메커니즘: 사용자 행동과 의견을 수집하는 방법
- 반복 개선 계획: 피드백을 바탕으로 한 지속적인 개선 프로세스

적용 예시
모바일 앱 개발 시 핵심 기능만을 포함한 베타 버전 출시

- 새로운 온라인 서비스의 랜딩 페이지를 통한 사전 수요 조사
- 하드웨어 제품의 프로토타입을 이용한 사용자 테스트
- 신규 강의 프로그램의 파일럿 운영

기대 효과
- 개발 비용과 시간 절감
- 시장 반응을 빠르게 파악하여 리스크 최소화
- 제품-시장 적합성(Product-Market Fit) 검증 용이
- 고객 중심의 제품 개발 촉진
- 빠른 학습과 반복을 통한 혁신 가속화

MVP를 성공적으로 활용하기 위해서는 '최소한'의 정의에 대한 명확한 합의가 필요합니다. 또한, 피드백을 신속하게 수집하고 분석하여 다음 단계의 개발에 반영하는 체계적인 프로세스가 중요합니다.

비교 분석 기법 (Comparative Analysis)

활용 가능한 상황
- 경쟁 제품이나 서비스를 분석할 때
- 시장 진입 전략을 수립할 때
- 제품 개선 방향을 결정할 때
- 벤치마킹을 통한 베스트 프랙티스 도출 시
- 투자 결정이나 파트너십 체결을 고려할 때

목적

비교 분석은 두 개 이상의 대상을 특정 기준에 따라 체계적으로 비교하는 방법입니다. 이를 통해 경쟁사와의 차별점을 파악하고, 자사 제품/서비스의 강점과 약점을 분석하며, 전략적 의사결정을 지원합니다.

주요 요소
- 비교 대상 선정: 분석할 제품, 서비스, 기업 등 선택
- 비교 기준 설정: 성능, 가격, 기능, 디자인 등 비교 항목 정의
- 데이터 수집 및 분석: 각 비교 항목에 대한 정보 수집 및 정리
- 결과 해석 및 전략 도출: 분석 결과를 바탕으로 인사이트 도출

적용 예시
- 스마트폰 제조업체가 경쟁사 제품과의 기능 비교 분석
- 온라인 쇼핑몰의 고객 서비스 품질 벤치마킹

- SaaS 기업의 가격 정책 비교 분석
- 자동차 제조사의 연비 및 성능 비교 분석

기대 효과
- 경쟁 환경에 대한 깊이 있는 이해 증진
- 자사 제품/서비스의 포지셔닝 명확화
- 차별화 전략 수립을 위한 객관적 근거 마련
- 제품/서비스 개선 방향성 도출
- 시장 트렌드 및 고객 선호도 파악

비교 분석을 효과적으로 수행하기 위해서는 객관적이고 정확한 데이터 수집이 중요합니다. 또한, 단순한 비교를 넘어 왜 그러한 차이가 있는지, 그리고 그 차이가 어떤 의미를 갖는지에 대한 심층적인 분석이 필요합니다.

11화. 전략가와 북극성

11화: 전략가와 북극성

나민호는 창밖으로 서울의 밤거리를 내려다보며 깊은 생각에 잠겼다. 미래전자 본사 15층, 그의 사무실에서 바라보는 야경은 언제나 그를 압도했다. 하지만 오늘 밤, 그 빛나는 도시의 모습은 그의 마음속 혼란을 더욱 선명하게 만들 뿐이었다.

"7년… 그리고 최근 3년…" 그는 중얼거렸다.

7년 전, 그는 열정 하나로 '퓨처넥스트'를 창업했다. 밤낮없이 일하며 회사를 키웠고, 큰 규모의 투자도 유치해봤고 또한 업계의 주목을 받으며 2년 전 전략적 투자자였던 미래전자에 성공적으로 매각하기 까지의 시간이 주마등처럼 스쳐지나갔다. 그는 꿈에 그리던 엑시트를 이뤄냈다. 그때의 기쁨과 안도감이 아직도 생생했다. 어찌 보면 모두가 원하는 퍼펙트 게임을 한 것이다.

하지만 지금, 그는 또 다른 갈림길에 서 있었다. 미래전자와의 계약 조건으로 3년간 미래전략을 책임질 임원으로 일하며 회사의 체질을 바꾸는 데는 분명히 기여했다. 그의 냉철한 판단력과 선견지명, 그리고 과감한 실행력은 미래전자를 한국전자의 강력한 경쟁자로 만들어놓았다.

"지금 하고 있는 일이 정말 나에게 맞는 일일까?" 그는 자문했다.

아직도 그에게 큰 조직은 몸에 맞지 않는 옷처럼 느껴졌다. 누구나 선망하는 자리에서 일하고 있지만 옷이란 보기만 좋아서는 안되고 몸에 편해야 하는데 그게 2년 6개월 가량이 넘은 지금도 여전히 숙제다. 빠른 의사결정, 과감한 도전, 그리고 실패를 두려워하지 않는 스타트업의 문화에 대한 향수만은 아니다. 그곳은 또 그곳 나름의 문제가 있다. 그리고 동시에, 현재 미래전자에서의 경험이 그를 더욱 성장시켰다는 것도 부정할 수 없었다.

그는 테이블 위에 놓인 술잔을 집어 들었다. 일년에 한두 번 정도만 술을 입에 대는 그이지만, 오늘은 왠지 한 잔 해도 될 것 같다.

"그래서…이제 어떻게 해야 하지…"

그의 머릿속에는 수많은 생각들이 교차했다. 회사에서 제안하는 대로 계속 임원 계약을 2년 연장할까? 아니면 새로운 스타트업을 시작할까? 전업 투자자로 전향할까? 국내가 아닌 글로벌 시장에서 새로운 도전거리를 찾아볼까? 그것도 아니면 잠시 쉬어가며 무엇을 할지부터 생각해 볼까?

그때, 그의 휴대폰이 울렸다. 한달후 CES 참가 준비를 위한 회의가 내일 있다는 알림이었다.

"그래, CES…" 그는 중얼거렸다.

CES는 해마다 년초에 미국 라스베가스에서 열리는 세계 최대 규모의 ICT(정보통신기술분야) 융합 전시회이다. 올해 CES에서 미래전자는 'CircleNet'의 향상된 버전을 선보일 예정이었다. 작년에 출시된 이 제품은 한국전자의 'LifeBlock'과 치열한 경쟁을 벌이고 있었다. 두 제품 모두 IoT와 AI를 결합한 혁신적인 스마트홈 솔루션이었지만, 각자의 특징과 장단점이 뚜렷했다.

민호는 한국전자의 빠른 변화에 감탄하면서도, 그 뒤에 있는 인물에 대해 궁금증을 가지고 있었다. 언론에는 잘 드러나지 않았지만, 그의 인맥을 통해 알아본 결과 서민지라는 인물이 그 중심에 있다는 것을 알게 되었다.

"서민지…" 그는 그 이름을 되뇌었다.

글로벌 기업 경력에 나이도 자신보다 꽤 어리다는 것 외에는 알려진 바가 많지 않았다. 하지만 그녀가 이끄는 한국전자의 변화는 분명 주목할 만했다.

한 달 후, CES 현장.

라스베가스의 거리는 여느 때와 다름없이 화려했지만, CES 기간 동안의 분위기는 특별했다. 스트립 거리를 따라 늘어선 호텔들의 네온사인이 행사 전날부터 밤하늘을 수놓는 가운데, 세계 각국에서 모여든 기술 열성주의자들로 거리는 활기가 넘쳤다.

정장 차림의 비즈니스맨들부터 캐주얼한 차림의 스타트업 창업자들까지, 다양한 사람들이 뒤섞여 있었다. 그들의 손에는 최신 가젯들이 들려있었고, 입에서는 AI, 5G, IoT 같은 용어들이 쏟아져 나왔다. 호텔 로비와 카지노, 바에서는 열띤 토론이 이어졌고, 새로운 파트너십을 위한 악수가 오갔다.

거리 곳곳에 설치된 대형 디스플레이에서는 각 기업들의 최신 기술 홍보 영상이 끊임없이 재생되고 있었다. 미래의 모습을 그리는 듯한 영상들은 지나가는 이들의 시선을 사로잡았다.

민호는 미래전자의 부스를 둘러보며 만족스러운 미소를 지었다. CircleNet의 새 버전은 예상대로 많은 관심을 받고 있었다. 그는 잠시 다른 기업들의 부스도 둘러보기로 했다.

그때였다. 한국전자의 부스 앞에서 우연히 회사 관계자들과 마주치게 되었다. 서로 간단히 가벼운 목례로 인사를 나누던 중, 그의 눈에 들어온 이름표 하나.

'서민지, 부장, 한국전자'

민호의 심장이 빠르게 뛰기 시작했다. 드디어 그 미스터리한 인물을 만난 것이다. 그녀의 얼굴은 앳되 보였으나 눈빛은 살아있고 자신감있는 미소를 띠고 있었다.

민호는 따로 이름표를 하고 있지 않았다. 오래전 투자 발표 대회에서 멀치감치 보거나 언론 기사에 작게 나온 사진으로 한두번 본 적 밖에 없기 때문에 민지는 앞에 있는 남자가 나민호임을 알아채지 못하고 있었다.

그는 침착하게 다가가 자신을 소개했고, 민지와 명함을 교환했다.

"안녕하세요, 저는 미래전자의 나민호라고 합니다."

민지는 순간 자신의 최대 경쟁자가 눈 앞에 바로 있음을 알게 되었지만 당황하지 않고 반갑게 인사하며 민호를 찬찬히 살폈다.

"서 부장님, 말씀 많이 들었습니다. 혹시 CES 기간 중에 시간 괜찮으시면 뵙고 업계 동향에 대해 잠시라도 의견을 나누고 싶습니다."

민지는 잠시 고민하는 듯했지만, 곧 미소를 지으며 수락했다. 경쟁자인 그와의 만남이 제3자가 보기에 이상하지 않을 거의 유일한 공간이 이러한 전시회 아니겠는가. 게다가 높은 벽처럼 느껴지던 나민호에 대해서도 직접 대화하며 알아볼 수 있는 절호의 기회였다. 분명 배울 부분이 있을 것이다. "좋습니다. 마침 오늘은 오후 5시 이후는 개인 일정이 가능한데요. 그렇지 않아도 요 앞의 괜찮은 정통 이탈리아 식당에서 간단히 식사할까 했는데 거기서 뵙는 건 어떠세요?"

그날 오후 5시경, 베네치아의 운하를 재현한 실내 공간으로, 곤돌라를 타고 쇼핑몰을 둘러볼 수 있어서 유명한 Grand Canal Shoppes내에 위치한 Buddy V's Ristorante 레스토랑.

민호와 민지는 테이블에 마주 앉았다. 처음에는 약간 어색한 침묵이 흘렀지만, 곧 대화가 시작되었다.

"사실 서 부장님에 대해 많이 궁금했습니다," 민호가 먼저 입을 열었다. "한국전자의 빠른 변화 뒤에 계신 베일에 싸여진 분이라고 들었거든요."

약간 장난기 섞인 민호의 말에 민지는 겸손하게 미소 지었다. "과찬이십니다. 저희 팀 모두의 노력 덕분이죠."

전시회 이야기를 하며 대화는 자연스럽게 업계 동향으로 흘러갔다. 5G 기술의 발전, AI의 혁신적인 응용, 자율주행 기술의 진보,

8K TV의 대중화 등 다양한 주제에 대해 의견을 나눴다.

"써클넷(CircleNet)과 라이프블록(LifeBlock), 둘 다 훌륭한 제품이더군요." 민지가 말했다. "경쟁이 치열해서 저나 나 상무님 같은 역할에 있으면 머리 아프지만, 이런 경쟁이 결국 소비자에게 이롭겠죠."

민호는 크게 고개를 끄덕였다. "맞습니다. 우리의 경쟁이 업계 전체를 발전시키고 있다고 봅니다."

잠시 후, 민호는 우연히 발견한 공통점을 언급했다. "참 그러고 보니, 우리 둘 다 홍대 '메이플 카페'와 인연이 있더군요. 지금은 '쉼표' 카페가 됐지만요."

민지의 눈이 커졌다. "어머, 그러네요! 저도 거기서 자주 아이디어를 구상했었어요. 개인적으로 애정하는 카페이기도 하고요. 어떻게 아셨어요?"

"지난주에 카페 사장님을 통해 들었죠. 저도 요즘은 자주 못가지만 오랜 기간 단골이었거든요." 민호가 웃으며 대답했다. "세상이 참 좁네요. 카페 사장님이 서 부장님 덕분에 카페가 기사회생 할 수 있었다고 입에 침이 마르게 칭찬하시더라고요. 제가 그 전에 드렸던 장사가 어려우면 그만 내려놓으시라고 했던 조언보다 훨씬 더 서 부장님 솔루션이 도움되었다고 묻지도 않은 이야기까지 하시면서요."

그는 활짝 웃었고 민지도 미소짓지 않을 수 없었다. 카페 사장님에게 민호가 카페를 접는 것이 낫겠다라는 처방을 했던 것을 보기 좋게 뒤집은 일을 카페 사장님이 고소하게 꾸짖었나 보다. 민호는 말을 이어갔다. "처음에는 동명이인인줄 알았는데 한국전자에 같은 이름을 가진 전략가가 두 명일 리는 없다는 생각에 카페사장님이 이야기하신 분이 서 부장님일거라 확신하게 되었죠."

이 '쉼표' 카페 단골이라는 공통점은 두 사람 사이의 어색함을 완전히 녹였다. 대화는 더욱 편안해졌고, 서로의 경력과 경험에 대해 이야기를 나누기 시작했다.

그때였다. 민지가 불쑥 말을 꺼냈다.

"사실... 저희가 전에 한 번 만날 뻔했다는 걸 아세요?"

민호는 의아한 표정을 지었다. "네? 어떻게요?"

민지는 잠시 망설이다 입을 열었다. "사실 제가 예전에 스타트업을 창업했었거든요. 그때 나 상무님의 회사와 같은 투자사를 두고 경쟁했었어요."

민호의 눈이 커졌다. 그는 그 순간을 기억해냈다. 당시 그의 회사가 투자를 받았고, 다른 경쟁 업체는 탈락했었다. 그 탈락한 업체가 바로 서민지의 스타트업이었던 것이다.

"아... 그렇군요. 죄송한 마음입니다," 민호가 진심 어린 목소리로 말했다. "당시에는 저희도 투자 유치에 정말 절실했거든요. 지금 생각해보면, 저희가 잘났기 때문이라기보다는 운이 좋았던 것 같아요. 당시 투자자가 찾고 있던 기준에 마침 적합했을 뿐이죠. 미인대회에서 우승자는 단 한명일지라도, 나머지 참가자 모두 각자의 기준으로 미인일 수 있지 않을까요."

민지는 잠시 놀란 표정을 지었다가 이내 부드러운 미소를 지었다. "와, 정말 의외네요. 나 상무님이 그렇게 말씀하실 줄은 몰랐어요. 사실 전 항상 나 상무님을 냉철하고 약간 차가운 면도 가진 사업가로만 생각했거든요."

민호는 쓴웃음을 지었다. "많은 사람들이 그렇게 생각하더라고요. 하지만 저도 그저 평범한 사람일 뿐이에요. 실수도 하고, 후회도 하고... 그리고 때로는 헤매기도 하죠."

민지는 호기심 어린 눈으로 나민호를 바라봤다. "그렇군요. 그래도 지금 미래전자에서 훌륭한 성과를 내고 계시잖아요."

민호는 잠시 침묵했다. 그는 자신의 내면의 고민을 민지에게 털어놓아야 할 지 망설여졌다. 하지만 왠지 민지에게는 이순간 솔직해도 될 것 같았다.

"사실... 요즘 제 진로에 대해 많이 고민하고 있어요. 미래전자에 회사를 매각할 당시 체결한 의무 근무 기간이 거의 끝나가거든요. 큰 조직에서의 경험도 좋았고 회사의 지원도 충분했지만 어쩐지 아직까지 제게는 맞지 않는 옷을 입은 것 같달까요."

민지는 잠시 생각에 잠겼다. 그녀의 마음 속 첫 반응은 '이런 게 모든 것을 다 가진 자의 호사로운 고민인건가'라는 것이었다. 하지만 진지한 표정으로 맞은 편에 앉아있는 나민호를 다시 천천히 응시하며 곧 그녀의 생각은 변화했다.

"그리고 보니… 그럴 수도 있겠네요," 서민지가 천천히 말을 이어갔다. "남들이 생각하는 성공의 정점을 찍은 분들이 종종 느낀다는 번아웃 현상과 비슷한 거 같아요. 제가 들어보니까 생각보다 꽤 흔한 일이더라고요."

민호는 고개를 끄덕였다. "맞아요. 외부에서 보기엔 제가 원한 걸 다 이룬 것 같지만, 실상은 그렇지 않거든요. 뭔가... 빠진 것 같달까요. 그런데 그게 뭔지 아직 명확하지 않은게 문제에요."

민지는 잠시 자신의 경험을 돌아보았다. "그리고 보니 저도 비슷한 부분이 있는 것 같아요. 나 상무님과는 달리 저는 현재 상황에 충분히 만족하고 옷도 잘 맞는 느낌인데요. 그런데 미친듯이 몰입해서 2년 넘게 뛰어왔지만, 그동안 저 자신에 대해서는 생각을 많이 못했어요. 자신과의 대화도 충분치 않았고요."

민호는 공감의 눈빛을 보냈다. "정말 그래요. 우리는 항상 앞만 보고 달리느라 정작 자신을 돌아볼 시간은 없었던 거죠."

잠시 침묵이 흘렀다. 두 사람은 각자의 생각에 잠겼다.

"아시다시피 제가 어려서 경험도 부족하고 나 상무님 같은 분께 조언 드릴 입장은 아니에요," 민지가 조심스럽게 입을 열었다. "그래도 최소한 저에게 잘 통하는 방법은 하나 알려드릴께요."

민호는 앞으로 몸을 기울이며 관심 있게 귀를 기울였다.

"사람마다 길이 다르다고 생각해요. 스스로 찬찬히 시간을 가지며 돌아보다 보면 종종 나아갈 방향이 문득 떠오르더라고요. 자신과의 시간을 가져보시는 게 어떨까요?"

나민호는 잠시 생각에 잠겼다. 그리고 천천히 고개를 끄덕였다. "정말 좋은 조언이네요. 고마워요, 민지 씨."

민지는 나민호가 민지 이름을 직접 불러서 흠칫하긴 했지만 나이 차도 많이 나는 선배 같은 느낌이라 기분이 나쁘지는 않았다. 나민호도 자신의 입에서 갑자기 바뀐 호칭이 튀어나와서 당황한 느낌인 것 같았다.

이렇게 두 사람의 대화는 깊어졌다.

그들은 서로의 경험과 고민, 그리고 업계에 대한 생각들을 나눴고 라스베가스의 화려한 네온사인이 창밖으로 빛나는 동안, 레스토랑 안에서는 두 경쟁자 사이에 묘한 동질감과 연대감이 형성되고 있었다. 대화가 무르익어갈수록, 두 사람은 서로에 대한 존경심을 느끼고 있었다. 경쟁자이면서도 동시에 같은 꿈을 꾸는 동료 같은 느낌이 들었다.

"나 상무님," 민지가 조심스럽게 물었다. "앞으로의 계획에 대해 좀 더 구체적으로 생각해 보셨나요?"

나민호는 잠시 침묵했다. 그리고 천천히 입을 열었다. "솔직히 말하면, 아직 확실하지 않아요. 하지만 한 가지는 분명해요. 제가 정말 하고 싶은 일, 그리고 세상에 의미 있는 변화를 만들어낼 수 있는 일을 찾고 싶어요."

민지는 이해한다는 듯 미소 지었다. "그 마음, 정말 잘 알 것 같아요. 저도 한국전자에 오기 전에 비슷한 고민을 했거든요."

"그렇군요," 민호가 말했다. "서 부장님은 어떻게 그 답을 찾으셨나요?"

다시 나민호의 민지에 대한 호칭이 민지씨에서 서 부장님으로 바뀌었다.

민지는 잠시 생각에 잠겼다. "글쎄요... 정확한 답을 찾았다기보다는, 계속해서 질문을 던지고 도전하는 과정 속에서 조금씩 방향을 잡아갔던 것 같아요. 지금도 여전히 찾아가는 중이고요."

민호는 고개를 끄덕였다. "그 말씀을 들으니 왠지 마음이 편해지네요. 완벽한 답을 찾기보다는 계속해서 도전하고 성장해 나가는 것, 그게 더 중요한 것 같아요."

두 사람의 대화는 깊어져 갔고, 시간은 눈 깜짝할 사이에 흘러갔다. 그들은 서로의 경험과 고민, 꿈과 희망을 나누며 더욱 가까워졌다.

마지막으로 민호가 입을 열었다. "서 부장님, 오늘 정말 좋은 대화

였습니다. 경쟁자이지만 동시에 같은 꿈을 꾸는 동료 같다는 생각이 드네요."

민지도 따뜻하게 미소 지었다. "저도 그렇게 느꼈어요. 앞으로도 서로 자극이 되고 발전의 계기가 되면 좋겠어요."

두 사람은 악수를 나누며 헤어졌다. 그들의 만남은 끝이 났지만, 그들의 대화는 각자의 마음속에 깊은 여운을 남겼다.

민호는 민지와의 대화를 마치고 거리를 여기 저기 둘러보며 숙소인 더베네치안 리조트로 돌아가는 길이었다.

1월의 라스베가스는 오후 5시면 해가 지고 날씨 또한 무척 쌀쌀해졌다. 총총히 걸음을 옮기던 민호는 문득 귓가에 들려오는 음악 소리에 발걸음을 멈췄다. 길모퉁이를 돌자 다소 춥게 느껴지는 날씨에도 버스킹을 하는 젊은이들이 보였다. 그들의 연주는 서툴렀지만, 눈빛만은 어느 때보다 반짝이고 있었다.

민호는 잠시 그 자리에 서서 그들의 공연을 지켜보았다. 젊은이들의 열정 넘치는 모습을 보며, 그는 문득 자신이 언제 마지막으로 이렇게 열정적으로 무언가에 몰입했었는지 기억나지 않는다는 것을 깨달았다. 열심히 살고 있지만 가슴 뛰는 몰입을 경험한 순간 말이다.

버스커들을 지나쳐 계속 걸음을 옮기던 중, 민호의 눈에 거리를 청소하고 있는 노인이 들어왔다. 평소 같았으면 그냥 지나쳤겠지만,

오늘따라 그 노인의 모습이 눈에 들어왔다.

"추우실 텐데 이 시간까지 고생이 많으시네요," 민호가 인사말을 걸었다.

노인은 빗자루질을 멈추고 나민호를 바라보았다. "아, 이건 고생이 아니죠. 저는 거리를 환하게 해주는 이 일이 좋답니다."

"그러시군요. 혹시 이 일을 오래 하셨나요?"

노인은 미소를 지으며 대답했다. "사실 전 예전에 대기업 임원이었어요. 하지만 은퇴 후에 의미 있는 일을 찾다가 이 일을 시작했고 아직도 틈틈이 시간나는 대로 하고 있죠. 매일 아침 깨끗해진 거리를 보면 제가 세상에 작지만 의미 있는 변화를 만들어냈다는 느낌이 듭니다."

오랜 시간의 내공이 느껴지는 노인의 미소와 나직하게 울려오는 말에 나민호는 깊은 감명을 받았다. 그는 자신이 추구해온 '성공'과 이 노인이 말하는 '의미 있는 삶' 사이의 간극에 대해 생각하기 시작했다.

평소라면 그냥 지나쳤을 이런 풍경들이 오늘따라 유독 그의 눈에 들어왔다.

숙소가 있는 건물로 들어서자 입구 근처 안내판에 서점 이름 하나가 눈에 띄었다. 안내를 따라가 보니 분위기 좋은 '바우만 레어북스'라는 간판이 그의 시선을 사로잡았다. 입구옆의 안내문을 보니 이곳은 희귀 서적이나 소장본 위주로 판매하는 곳이고 매장 마감시간이 밤 11시라서 둘러볼 시간은 충분해 보였다. 호기심에 이끌려 서점문을 열고 들어간 민호는 박물관 같은 분위기의 공간에 오래된 책 특유의 냄새와 아늑한 분위기에 잠시 취할 수 있었다.

"어서오세요." 중년의 서점 안내인이 반갑게 인사했다.

민호는 책장을 둘러보다가 파울로 코엘료의 'The Alchemist (연금술사)'라는 책을 발견했다. 아주 오래전에 읽어본 책이긴 한데 오늘 왠지 한정판 가죽 장정에 저자의 친필 서명이 들어간 이 책이 그의 마음에 끌렸다.

"아, 그 책이요," 서점 주인이 다가와 말했다. "제 인생의 전환점이 된 책이죠. 성공이나 돈이 아니라 삶의 진정한 목적을 찾는 것의 중요성을 일깨워줬어요."

민호는 책을 집어 들며 깊은 생각에 잠겼다. 그는 지금까지 성공을 좇느라 정작 자신의 삶의 목적에 대해 진지하게 고민해본 적이 없다는 것을 깨달았다. 책의 가격을 물어보니 60만 원이 넘는다. 들어오기 전까지는 구경만 하고 갈 생각이었으나 자신도 모르게 신용카드로 결제를 하고 책을 들고 나온다.

서점을 나와 숙소로 올라오는 길, 나민호의 머릿속은 마치 안개가 걷히는 것 같았다. 복잡했던 생각들이 하나둘 정리되며, 그의 마음속에 새로운 명료함이 떠오르기 시작했다.

호텔 방에 도착한 나민호는 창밖을 바라보았다. 라스베가스의 화려한 네온사인들이 밤하늘을 수놓고 있었다. 그 찬란한 도시의 불빛들 사이로 희미하게 멀찌감치 보이는 별들이 그의 시선을 사로잡았다.

민호는 깊은 숨을 내쉬며 중얼거렸다.

"저 반짝이는 네온사인들 사이에서, 내 인생의 진짜 별은 어디에 있을까... 화려하게 빛나는 성공이란 불빛에 가려, 정작 나를 인도할 별빛을 놓치고 있던 건 아닐까."

그는 손에 들고 있던 검은 가죽장정의 저자 친필 서명이 적힌 'The Alchemist(연금술사)' 책을 내려다보았다.

"이제껏 나는 남들이 그려놓은 지도 위에서 따라 달려왔어. 하지만 이제는 내 고유의 나침반을 찾아야 할 때인가 봐. 그 청소부 아저씨처럼, 작지만 의미 있는 발자국을 세상에 남기는 걸까? 아니면 저 젊은 버스커들처럼, 서툴지만 열정 가득한 나만의 멜로디를 찾아갈까?"

민호는 깊은 생각에 잠겼다. 이 밤의 경험은 그에게 단순한 우연이 아닌, 인생의 새로운 장을 열기 위한 중요한 신호로 다가왔다. 그의 마음속에는 이미 변화의 씨앗이 싹트기 시작하고 있었다.

"이제 3년을 채우고 나면 떠나야 할 시간이야. 시간이 걸리더라도 이건 내 인생의 진정한 북극성을 찾아가는 여정이 될 거야."

나민호의 눈빛이 결연히 빛났다. 그의 앞에는 미지의 모험이 기다리고 있었지만, 이제 그는 그 여정을 두려워하지 않았다. 오히려 기대감으로 가슴이 뛰는 것을 느꼈다.

12화. 미지의 영역을 향한 도전

12화: 미지의 영역을 향한 도전

한국전자의 스마트홈 사업 'LifeBlock'이 시장에서 안정적인 성과를 내기 시작하자, 김 회장은 민지를 자신의 집무실로 불렀다.

"서 부장, 자네 덕분에 우리 회사가 한 단계 도약했네. 하지만 이제는 더 큰 그림을 그려야 할 때야."

민지는 긴장된 표정으로 고개를 끄덕였다.

"새로운 미션을 주겠네. 한국전자의 다음 10년을 이끌어갈 새로운 먹거리를 찾아주게. 단, 조건이 있어. 가능한 한 경쟁이 치열하지 않은 시장이어야 해. 우리만의 고유한 가치를 창출할 수 있는 블루오션을 찾아야 한다는 거지."

민지는 잠시 생각에 잠겼다. "네, 회장님. 하지만 그게 말처럼 쉽지는 않을 것 같습니다."

김 회장은 미소를 지으며 말했다. "그래서 자네에게 맡기는 거야. 자네라면 할 수 있을 거야."

사무실로 돌아온 민지는 깊은 고민에 빠졌다. '경쟁하지 않고 새로운 가치를 창출한다... 어떻게 하면 좋을까?'

그때 강현우 코치에게서 전화가 왔다.
"민지 씨, 오랜만이에요. 어떻게 지내셨어요?"

"아, 강 코치님. 마침 잘 전화 주셨어요. 사실 지금 큰 고민에 빠져 있었거든요."
민지는 김 회장에게서 받은 새로운 미션에 대해 설명했다.

강현우는 잠시 생각하더니 말했다. "음, 이런 상황에서 활용할 수 있는 좋은 도구들이 있어요. 앤소프 매트릭스와 CPSE 프레임워크는 어떨까요?"

"CPSE요? 처음 들어보는 용어인데요."

"Customer, Problem, Solution, Empathy의 약자예요. 기존 경쟁자들이 접근하지 않는 고객이나 문제를 찾아 새로운 시장을 개척하는 데 유용한 툴이죠."

민지의 눈이 반짝였다. "오, 그거 정말 우리 상황에 딱 맞는 것 같아요! 자세히 설명해 주실 수 있나요?"

강현우는 웃으며 대답했다. "물론이죠. 내일 시간 되시면 만나서 자세히 이야기 나눠볼까요?"

다음날, 카페에서 만난 두 사람은 몰입한 상태로 대화를 나눴다. 강현우는 화이트보드에 앤소프 매트릭스와 CPSE 프레임워크를 그리며 설명했다.

"먼저 앤소프 매트릭스로 잠재적인 시장을 탐색하고, 그 다음

CPSE를 적용해 구체적인 전략을 세우는 거죠."

민지는 고개를 끄덕이며 메모를 했다. "알겠습니다. 먼저 팀원들과 앤소프 매트릭스를 활용해 볼게요."

며칠 후, 민지는 팀원들을 소집했다.

"여러분, 오늘은 앤소프 매트릭스를 활용해 우리의 새로운 시장을 찾아보려 합니다. 준비된 화이트보드에 우리의 아이디어를 채워나가 봅시다."

민지는 앤소프 매트릭스의 네 가지 영역을 설명했다.

1. 시장 침투: 현재 제품, 현재 시장
2. 시장 개발: 현재 제품, 새로운 시장
3. 제품 개발: 새로운 제품, 현재 시장
4. 다각화: 새로운 제품, 새로운 시장

"자, 우리의 현재 제품과 기술을 기반으로 어떤 새로운 시장을 개척할 수 있을까요?"

팀원들은 열띤 토론을 시작했다.

"IoT와 AI 기술을 활용해 스마트 팩토리 시장에 진출하는 건 어떨까요?" 한 팀원이 제안했다.

다른 팀원이 의견을 냈다. "교육 시장도 좋을 것 같아요. 스마트 러닝 플랫폼을 만들 수 있지 않을까요?"

아이디어들이 쏟아져 나왔고, 민지는 이를 매트릭스에 정리해 나갔다.

"그런데," 민지가 말했다. "우리가 찾는 건 경쟁이 덜한 시장이에요. 이 중에서 기존 대기업들의 진출이 적은 분야는 어디일까요?"

잠시 침묵이 흘렀다. 그때 한 팀원이 조심스레 의견을 냈다.

"헬스케어 어떨까요? 특히 스마트 헬스케어 분야는 아직 대기업들의 본격적인 진출이 없는 것 같아요."

민지의 눈이 반짝였다. "좋은 지적이에요! 스마트 헬스케어는 우리의 IoT, AI 기술을 활용할 수 있으면서도, 아직 블루오션으로 남아 있는 분야죠."

팀은 스마트 헬스케어 시장에 대해 더 자세히 분석하기 시작했다. 현재의 시장 규모, 성장 전망, 주요 플레이어들을 조사했다.

"흥미롭네요," 민지가 말했다. "이 시장은 앤소프 매트릭스에서 '다각화' 영역에 해당하지만, 우리의 기존 기술을 많이 활용할 수 있어 리스크를 줄일 수 있을 것 같아요."

팀원들은 동의했고, 민지는 결정을 내렸다.

"좋습니다. 스마트 헬스케어를 우리의 새로운 타겟 시장으로 정하고, 이제 CPSE 프레임워크를 적용해 더 구체적인 전략을 세워보겠습니다."

민지는 팀원들과 함께 CPSE 프레임워크를 스마트 헬스케어 시장에 적용하기 시작했다.

"기존 경쟁자들의 접근 방식을 분석하고, 그들이 간과한 부분을 찾아내야 해요."

팀은 기존 헬스케어 서비스들을 분석했고, 흥미로운 점을 발견했다.

"팀장님, 기존 헬스케어 서비스들은 대부분 고소득, 고학력층을 대상으로 하고 있어요. 하지만 실제로 건강관리가 더 필요한 건 오히려 블루칼라 노동자들 아닐까요?"

민지의 눈이 반짝였다. "그래요! 바로 그거예요. 우리가 찾던 숨겨진 고객 세그먼트죠."

팀은 블루칼라 노동자들의 특수한 문제점들을 분석하기 시작했다. 긴 노동 시간, 복잡한 의료 정보에 대한 이해 부족, 경제적 부담 등이 주요 문제로 떠올랐다.

민지는 이를 바탕으로 '워커웰(WorkerWell)'이라는 새로운 건강관리 플랫폼을 구상했다. 직관적인 UI, 작업장 내 IoT 센서 연동, AI 기반 맞춤 조언 등이 핵심 기능이었다.

"이걸로 가봅시다. 기업과 협력하는 B2B2C 모델로 접근하면, 기존 업체들과 정면 승부를 피하면서도 새로운 시장을 창출할 수 있을 거예요."

팀원들의 얼굴에 희망찬 미소가 번졌다.

토요일 아침 9시, 경복궁역 1번 출구 앞에서 민지와 주영, 서진이 만났다. 워커웰(WorkerWell) 프로젝트 구상을 마친 지 한 달, 김 회장 앞 발표를 한 달 앞둔 시점이었다.

"다들 준비됐죠? 오늘은 업무 걱정은 잠시 내려놓고 리프레시하는 시간을 가져봐요," 민지가 활기차게 말했다.

주영이 스트레칭을 하며 웃었다. "저는 언제나 준비 완료예요! 김 과장님, 괜찮으세요?"

서진은 어색한 미소를 지었다. "아, 네... 사실 등산은 3년만에 처음이에요."

세 사람은 사직공원과 황학정을 지나 호랑이상쪽으로 향했다. 민지가 앞장서고 주영이 그 뒤를 따랐다. 서진은 조금씩 뒤처지기 시작했다.

호랑이상 근처에 도착해 잠시 쉬어가기로 했다. 땀을 닦으며 물을 마시는 동안, 자연스럽게 대화가 WorkerWell 프로젝트로 흘러갔다.

"솔직히 말하면, 가끔은 이 프로젝트가 조금 벅차게 느껴질 때도 있어요," 민지가 서울 전경을 바라보며 말했다.

주영이 고개를 끄덕였다. "저도 그래요. 하지만 팀장님만 믿고 따라가는 거죠. 그리고 이 새로운 프로젝트가 세상에 빛을 보게 될 걸 생각하면 가슴이 뛰어요."

서진이 숨을 고르며 말을 이었다. "맞아요. 어려운 만큼 보람도 클 거예요. 그나저나, 지금 제 모습을 보니 제가 바로 WorkerWell의

타겟 고객인 것 같네요!"

셋은 한바탕 웃음을 터뜨렸다. 그 순간, 팀워크가 한층 돈독해지는 것을 느낄 수 있었다.

자리에서 일어나 범바위로 향하는 동안, 민지가 문득 물었다. "주영씨는 꿈이 뭐예요?"

주영이 먼저 대답했다. "저는 언젠가 AI를 활용한 친환경 에너지 분야 연구로 세상에 흔적을 남기고 싶어요. 이왕이면 노벨상도 타면 좋고요. 호호호~ 너무 큰 꿈일까요?"

"아니요, 안될 이유 없죠," 서진이 격려했다. "저는... 사실 회사 일 외에 제 꿈에 대해 생각해본 적이 별로 없네요."

민지가 부드럽게 미소 지었다. "김 과장님, 금번 프로젝트가 꿈을 찾는 데 도움이 됐으면 좋겠어요. 저는 우리의 기술로 사람들의 삶을 조금씩 바꿔나가는 게 꿈이에요."

마지막 급경사 구간에 접어들자 서진의 페이스가 더욱 늦어졌다. 이번에는 민지와 주영이 번갈아 가며 힘을 북돋워 주었다.

오전 10시 30분, 정상에 도착했을 때, 세 사람의 얼굴에는 성취감이 가득했다. 서울 전경을 바라보며 잠시 숨을 골랐다.

"우리가 만들 WorkerWell로 인해 저 아래 수많은 사람들의 삶이 조금은 나아질 거예요," 민지가 말했다.

주영이 고개를 끄덕였다. "좋습니다. 그 꿈을 위해, 오늘처럼 고고."

서진도 동의했다. "맞아요. 혼자였다면 절대 여기까지 안오르죠."

하산하는 동안, 세 사람은 한 달 후 있을 김 회장 앞 발표에 대해 이야기를 나눴다. 걱정도 있었지만, 서로를 믿는 마음이 더 컸다.

정오 즈음 경복궁역으로 돌아왔을 때, 민지가 말했다. "오늘 정말 좋은 시간이었어요. 이렇게 함께하니 어떤 산이라도 오를 수 있을 것 같아요."

주영과 서진이 동시에 웃으며 대답했다. "네, 저희도요. 우선 다른 산 오르기 전에 맛있는 점심부터 먹으러 가죠!"

세 사람은 서로를 바라보며 환하게 웃었다. 그들의 눈빛에는 새로운 도전을 향한 기대와 열정이 가득했다.

그로부터 한달 후, 민지는 김 회장 앞에서 'WorkerWell' 프로젝트를 발표했다. 처음에는 의아해하던 임원들도 점차 관심을 보이기 시작했다.

"흥미로운데요, 서 부장. 하지만 실현 가능할까요?" 한 임원이 물었다.

민지는 자신감 있게 대답했다. "네, 이미 몇몇 중소 제조업체와 파일럿 프로젝트를 진행 중입니다. 초기 결과는 매우 긍정적이에요."

김 회장은 만족스러운 표정으로 고개를 끄덕였다. "좋아요. 이 프로젝트, 전폭적으로 지원하겠습니다. 서 부장이 직접 총괄해주시기 바랍니다."

회의가 끝나고 사무실로 돌아온 민지는 창밖을 바라보며 깊은 숨을 내쉬었다. 그녀의 앞에는 새로운 도전이 기다리고 있었다. 하지만 이번에는 두렵지 않았다. 오히려 설렘이 가득했다.

'이제 시작이야. 우리만의 방식으로 세상을 조금씩 바꿔나가는 거야.'

민지의 눈에는 확신과 열정이 가득했다. 한국전자의 새로운 미래를 향한 여정이 시작된 것이다.

12장에서 사용된 주요 프레임워크 설명

앤소프 매트릭스 (Ansoff Matrix)

활용 가능한 상황
- 기업의 장기 성장 전략을 수립할 때
- 새로운 시장 진출을 고려할 때
- 제품 포트폴리오를 확장하거나 조정할 때
- 기업의 리스크 관리 전략을 검토할 때
- 투자 결정을 내릴 때

목적

앤소프 매트릭스는 기업의 성장 전략을 수립하기 위한 전략적 계획 도구입니다. 이 매트릭스는 제품과 시장의 신규성을 기준으로 네 가지 성장 전략을 제시하여 기업의 성장 방향 설정, 새로운 시장 기회 탐색, 제품 포트폴리오 전략 수립을 돕습니다.

주요 요소
- 시장 침투 (Market Penetration): 현재 제품, 현재 시장
  - 기존 고객에게 현재 제품의 판매를 증가시키는 전략
- 시장 개발 (Market Development): 현재 제품, 새로운 시장

- 기존 제품을 새로운 시장 또는 고객 세그먼트에 판매하는 전략
- 제품 개발 (Product Development): 새로운 제품, 현재 시장
  - 기존 시장을 위해 새로운 제품을 개발하는 전략
- 다각화 (Diversification): 새로운 제품, 새로운 시장
  - 새로운 제품을 새로운 시장에 판매하는 전략

적용 예시
- 스마트폰 제조업체가 신흥 시장 진출을 고려할 때 (시장 개발)
- 자동차 회사가 전기차 라인업을 확장할 때 (제품 개발)
- 온라인 쇼핑몰이 오프라인 매장을 오픈할 때 (다각화)
- 소프트웨어 회사가 기존 고객의 구독 모델 전환을 추진할 때 (시장 침투)

기대 효과
- 체계적인 성장 전략 수립 가능
- 리스크와 기회의 균형 있는 평가 제공
- 새로운 비즈니스 기회 발견 촉진
- 자원 배분에 대한 전략적 의사결정 지원
- 장기적 성장 경로 설정에 도움

앤소프 매트릭스를 효과적으로 활용하기 위해서는 각 전략의 리스크와 잠재적 수익을 신중히 평가해야 합니다. 또한, 기업의 핵심 역량과 시장

상황을 고려하여 가장 적합한 전략을 선택하는 것이 중요합니다.

CPSE 프레임워크

활용 가능한 상황
- 새로운 시장 기회를 탐색할 때
- 기존 시장에서 차별화된 전략이 필요할 때
- 고객 중심의 혁신을 추진하고자 할 때
- 블루오션 전략을 수립할 때
- 제품 또는 서비스 혁신이 필요할 때

목적

CPSE 프레임워크는 Customer(고객), Problem(문제), Solution(해결책), Empathy(공감)의 약자로, 비경쟁 전략을 찾기 위한 혁신적인 프레임워크입니다. 이를 통해 기존 경쟁자들이 간과한 시장 기회를 발견하고, 차별화된 가치 제안을 개발하며, 고객 중심의 혁신을 추진할 수 있습니다.

주요 요소
- Customer: 기존 경쟁자들이 주목하지 않는 고객 세그먼트 식별
- Problem: 해당 고객 세그먼트의 미해결 문제 발견
- Solution: 문제를 해결할 수 있는 혁신적인 방안 제시
- Empathy: 고객의 입장에서 깊이 있게 이해하고 공감하는 접근

적용 예시
- 핀테크 스타트업이 은행 서비스에서 소외된 고객층을 위한 솔루션 개발 시
- 교육 기업이 특수 교육이 필요한 학생들을 위한 맞춤형 학습 플랫폼 구축 시
- 식품 회사가 특정 식이 요구사항을 가진 소비자를 위한 제품 라인 개발 시
- 모빌리티 기업이 교통 약자를 위한 새로운 운송 서비스 설계 시

기대 효과
- 블루오션 시장 발견 가능성 증대
- 차별화된 경쟁 우위 확보
- 고객 중심의 혁신 실현
- 지속 가능한 비즈니스 모델 개발
- 사회적 가치와 경제적 가치의 동시 창출

CPSE 프레임워크를 성공적으로 활용하기 위해서는 깊이 있는 고객 연구와 공감 능력이 필요합니다. 또한, 발견된 문제에 대한 창의적인 해결책 개발과 지속적인 검증 과정이 중요합니다. 이 프레임워크는 기존의 시장 중심 접근법을 넘어 고객 중심의 혁신을 추구하는 기업에게 특히 유용할 수 있습니다.

13화. 내 안의 변화를 마주하다

13화: 내 안의 변화를 마주하다

민지는 거울 앞에 서서 자신의 모습을 바라보았다. 3년 전 한국전자에 첫발을 디딘 그날이 떠올랐다. 그때의 불안하고 초조했던 눈빛은 어느새 자신감 넘치는 눈빛으로 바뀌어 있었다.

"내가 정말 이만큼 변했구나…"

그녀는 회사에서 준 2개월간의 포상휴가 계획을 세우며 지난 시간을 되짚어보았다. 위기의 순간마다 새로운 해결책을 찾아냈던 순간들, 팀원들과 밤새워 전략을 수립했던 기억들. 모든 것이 그녀를 성장시켰다.

출발 전날, 민지는 강현우 코치와 만났다. 그들이 자주 가던 카페였다.

"민지 씨, 오랜만이에요. 어떤 기분이 드나요? 3년 전의 민지 씨와 지금의 민지 씨, 무엇이 가장 달라졌다고 생각해요?"

민지는 잠시 생각에 잠겼다. "솔직히 말씀드리면, 코치님... 저 스스로가 놀랄 때가 많아요. 예전에는 문제만 보면 겁부터 났는데, 이제는 오히려 설레요. 새로운 도전이 기다리고 있다는 생각에요."

강현우의 눈이 반짝였다. "그렇군요. 그 변화의 원동력이 뭐였다고 생각하세요?"

"음... 아마도 실패를 두려워하지 않게 된 거? 아니, 정확히는 실패로부터 배우는 법을 알게 된 거 같아요. 그리고 무엇보다 저를 믿어준 사람들이 있었기에 가능했죠."

강현우는 따뜻하게 미소 지었다. "민지 씨가 그렇게 느낀다니 저도 기쁘네요. 그동안 다양한 전략 툴을 사용해 봤는데, 어떤 점이 가장 도움이 됐나요?"

민지는 잠시 생각에 잠겼다. "각 툴이 문제를 바라보는 새로운 시각을 제공해줬어요. 예를 들어, 처음 회사의 위기 상황을 파악할 때 PEST 분석과 포터의 5 Forces 모델을 사용했죠. 그때 업계 전체를 조망할 수 있었어요."

강현우가 고개를 끄덕였다. "그렇죠. 그 분석이 전략의 시작점이 됐죠. 다른 상황은 어땠나요?"

"음, 고객의 니즈를 제대로 파악하지 못했을 때는 고객 세그멘테이션과 고객 여정 맵이 큰 도움이 됐어요. 덕분에 '스마트 라이프 오케스트레이터'를 개발할 수 있었죠."

"아, 그때 정말 눈에 띄었죠." 강현우가 웃으며 말했다. "또 다른 경험은요?"

민지의 눈이 반짝였다. "인재 유출 위기 때는 SWOT 분석과 가치사슬 분석을 활용했어요. 우리의 강점을 재발견하고 'Grow

Together 인재 육성 프로그램'을 만들 수 있었죠."

"그래요, 위기의 순간에 내부를 들여다보는 것도 중요하죠. 다른 기억나는 순간은요?"

"아, 전사적 비전과 미션을 수립할 때는 전략 맵이 정말 유용했어요. 모든 구성원의 마음을 하나로 모을 수 있었거든요."

강현우가 감탄하며 말했다. "정말 다양한 툴을 적재적소에 활용했네요. 마지막으로 어떤 게 기억에 남나요?"

민지는 잠시 생각하다 대답했다. "'WorkerWell' 프로젝트를 위해 앤소프 매트릭스와 CPSE 프레임워크를 사용했을 때예요. 우리가 미처 보지 못했던 블루오션 시장을 발견할 수 있었죠."

"정말 인상적이에요. 하지만 이런 다양한 툴을 사용하면서 어려움은 없었나요?"

민지는 솔직하게 대답했다. "네, 사실 어떤 상황에 어떤 툴을 써야 할지 판단하는 게 때로는 어려웠어요."

강현우의 눈이 반짝였다. "바로 그 점 때문에 오늘 새로운 것을 소개해드리려고 해요. '전략 툴킷 네비게이터'라고 하는데, 각 비즈니스 상황에 가장 적합한 전략 툴을 선택할 수 있게 도와주는 가이드라인이에요."

민지의 호기심이 피어올랐다. "오, 그런 게 있군요. 어떻게 활용하면 될까요?"

"예를 들어, 시장 진입 전략을 세울 때는 포터의 5 Forces나 PEST 분석이 유용하고, 내부 역량을 평가할 때는 SWOT나 가치사슬 분석이 좋아요. 새로운 시장을 탐색할 때는 앤소프 매트릭스나 CPSE 프레임워크가 효과적이죠."

민지는 고개를 끄덕이며 말했다. "아, 그랬군요. 이런 가이드가 있었다면 제가 겪었던 많은 시행착오를 줄일 수 있었을 것 같아요."

강현우가 부드럽게 웃으며 말했다. "하지만 민지 씨, 그 시행착오 덕분에 지금의 당신이 있는 거예요. 이 네비게이터는 절대적인 규칙

이 아니라 가이드라인일 뿐이에요. 때로는 직관과 경험을 믿는 것도 중요하답니다."

민지는 감사의 마음을 담아 미소 지었다. "네, 이해했어요. 이번 여행에서 이 네비게이터를 참고해보면서, 동시에 제 경험과 직관도 믿어보려고요."

"좋은 생각이에요. 그럼 이번 여행에서는 어떤 것을 얻고 싶으세요?"

민지는 잠시 고민하다 대답했다. "지금까지는 주어진 문제를 해결하는 데 집중했다면, 이제는 새로운 기회를 만들어내고 싶어요. 미국과 유럽에서 혁신의 현장을 직접 보고 느끼고 싶어요. 그리고 이 네비게이터를 통해 각 상황을 더 체계적으로 분석해보고 싶고요."

"좋은 목표네요. 그런데 한 가지 조언을 드려도 될까요?"
민지는 고개를 끄덕였다.

"여행 중에는 가끔은 비즈니스에 대한 생각을 내려놓고 그저 주변을 느껴보세요. 때로는 예상치 못한 곳에서 영감이 떠오르기도 하니까요."

민지는 감사의 마음을 담아 미소 지었다. "네, 코치님. 그 말씀 꼭 기억하겠습니다. 그동안 정말 감사했어요."

다음날 아침, 인천공항 출국장. 민지는 캐리어를 끌며 천천히 걸음을 옮겼다. 문득 뒤를 돌아보니 지난 3년간의 여정이 파노라마처럼 펼쳐졌다.

첫 전략 회의에서 떨리는 목소리로 발표하던 모습, 밤을 새워 보고서를 작성하던 순간들, 팀원들과 함께 환호하던 성공의 순간들. 그 모든 것들이 지금의 자신을 만들어왔다.

민지의 눈시울이 붉어졌다. 감사함과 뿌듯함, 그리고 새로운 도전에 대한 설렘이 가슴 속에서 물결쳤다.

'이제 다시 시작이야. 더 나은 리더, 더 나은 사람으로 성장할 거야.'

그녀는 깊은 숨을 내쉬고 힘찬 발걸음으로 비행기를 향해 나아갔다. 새로운 모험을 향한 첫걸음. 민지의 눈에는 이전과는 다른, 더욱 깊이 있는 빛이 어려 있었다.

13장에서 사용된 주요 프레임워크 설명

전략 툴킷 내비게이터

정의
전략 툴킷 내비게이터는 다양한 비즈니스 상황에서 가장 적합한 전략 툴킷을 선택하고 적용할 수 있도록 도와주는 메타 프레임워크입니다. 별도로 존재한다기보다는 사용자가 직접 만들어 사용해 볼 수 있습니다.

목적
- 상황에 맞는 최적의 전략 툴킷 선택 지원
- 비즈니스 문제 해결 프로세스의 효율성 증대
- 다양한 전략 툴킷에 대한 이해도 향상

구성 요소
- 상황 분류 체계: 비즈니스 상황을 유형별로 분류
- 툴킷 데이터베이스: 다양한 전략 툴킷의 특성과 용도 정리
- 매칭 알고리즘: 상황과 툴킷을 연결하는 로직
- 사용 가이드라인: 각 툴킷의 효과적인 적용 방법 안내

사용 방법

- 현재 직면한 비즈니스 상황 파악
- 상황 분류 체계를 통해 해당 상황의 유형 결정
- 매칭 알고리즘을 통해 추천된 툴킷 확인
- 툴킷 데이터베이스에서 선택된 툴킷의 상세 정보 확인
- 사용 가이드라인에 따라 툴킷 적용

주요 상황별 추천 툴킷 예시 (소설 내 사용 챕터 포함)

전략 수립 단계
- 3C 분석 (Chapter 1)
- 내부 역량 분석: SWOT 분석 (Chapter 6)
- 가치창출과정 분석: 가치사슬 분석 (Chapter 6)
- 기업의 방향성 수립: MVC (Chapter 8)
- 전략 목표들간의 연결: 전략맵 (Chapter 8)

신규 사업 개발
- 비경쟁 시장 기회 발견: CPSE 프레임워크 (Chapter 10)
- 비즈니스 모델 설계: 비즈니스 모델 캔버스 (Chapter 10)
- 확장 전략 수립: 앤소프 매트릭스 (Chapter 12)

전반적 상황 분석
- 거시 환경 분석: PEST 분석 (Chapter 2)
- 산업 구조 분석: Porter의 5 Forces 모델 (Chapter 2)

- 포트폴리오 분석: BCG매트릭스(Chapter 1)
- 고객 이해: 고객 세그멘테이션 (Chapter 4), 고객 여정 맵 (Chapter 4)

기대 효과
- 문제 해결 프로세스의 체계화
- 다양한 전략 툴킷에 대한 학습 촉진
- 상황에 따른 최적의 의사결정 지원
- 조직 내 지식 공유 및 협업 강화

전략 툴킷 내비게이터를 활용함으로써, 비즈니스 리더들은 다양한 상황에서 더욱 효과적으로 문제를 해결하고 전략을 수립할 수 있습니다. 이는 단순히 툴킷을 선택하는 것을 넘어, 비즈니스 사고의 체계화와 전략적 역량 강화로 이어질 수 있습니다.

나가는 말

　2010년에 조그마한 경영 컨설팅펌을 하나 차린 후 어느덧 10년 넘는 시간이 흐르는 동안 다양한 일들을 꿈꾸고 실행에 옮겼지만 여전히 숙제로 남았던 일이 하나 있었다. 바로 비즈니스 노블을 하나 쓰는 것이었다. 내 입장에서 그 이유는 간단하다. 경영 이론이나 사업에 대한 내용을 방법론이나 도구로서 이해하는 것과 일화기억이라고 하는 인간 고유의 특질이자 모든 사람이 가장 좋아하는 이야기의 형태로 전하는 것의 효과는 매우 다르기 때문이다.

　특히 경영 및 사업과 관련한 많은 부분은 문제를 이해하고 해결하는 과정에 대한 것임에도 불구하고 현장과 분리된 개념 익히기만으로는 실제 상황이 주어졌을 때 해당 개념과 도구를 적절하게 활용하기 쉽지 않다. 물론 경험이 축적되고 시간이 쌓이면 이런 문제도 결국 해결되지만 말이다.

이러한 나의 생각에 좀 더 확신을 준 고전적인 책들은 TOC이론의 정수가 담긴 소설인 골(Goal)과 수익지대라는 이론서의 뼈에 이야기의 살을 붙여서 유명해진 프로핏레슨(Profit Lesson)이라는 소설이다. 경영학자들이 쓴 소설이라니. 그러나 해당 소설을 읽고 나면 분명 문학적 가치가 아닌 실용적 가치를 위해서도 이야기로서의 소설 형식이 가진 힘이 있음을 알게 된다.

본 전략의 여왕 소설에 등장하는 기업과 인물은 모두 허구에서 출발한다. 혹시라도 소설을 읽으면서 특정 기업이나 인물이 연상되더라도 이는 애초에 소설 자체가 특정한 기업이나 인물을 가정하고 쓰지 않았기 때문에 모두 우연의 산물임을 미리 밝힌다.

가상의 스토리를 다룬다고 해서 그 안에서 전개되는 모든 전략적 의사결정이나 혁신을 위한 변화 과정들이 무의미한 것은 아니다. 독자들은 이야기 자체의 재미도 느끼면서 동시에 신입 매니저로 입사한 민지가 오랜 역사의 회사를 변화시키고 미래를 향해 나아가도록 리더십을 발휘하는 과정에 빠져들고 공감하며 나름대로 배울 점을 찾을 수 있을 것이다.

경영소설이지만 가능한 주요 인물들을 입체적으로 드러내고 싶었고 소설에 등장하는 다양한 경영 도구들에 대해서는 별도로 설명 챕터를 두어 활용도를 높였다. 특히 9장에 등장한 Why Not 기반의 문제 해결 접근법, 12장의 CPSE 기반의 비경쟁 전략 도출법은 내가 운영하는 회사에서 개발하고 종종 활용하고 있는 방법을 소개한 것이다. 이러한 방법 말고도 더 많은 내용이 있다. 궁금하신 분들은 더이노베이션랩 홈페이지(https://thelab.center)에서 찾아보시길 바란다.

아무쪼록 MZ 세대인 신입 매니저 민지의 전략가로서의 도전과 성장을 담은 이 소설을 충분히 즐기셨길 바란다.

- 조용호 올림

감사의 말

무엇보다 사랑하는 가족에게 감사하며
더불어 본 책을 집필하기까지 10년 넘게
혁신의 경험을 함께하며 나누어 온 분들,
본 책에 영감을 준 모든 분들께 감사합니다.

더이노베이션랩®의 일

우리는 사물과 세상을 다르게 바라보고 생각하며 행동하고 창조하는 과정을 통해 의미있는 다름에 이를 수 있습니다.

더이노베이션랩은 2010년부터 시작하여 혁신을 위한 마인드셋, 기법, 도구와 방법론 등의 체계적 접목을 통해 최신 경영이론과 기업 현장의 성과를 연결합니다.

- 홈페이지   https://thelab.center
- 이메일   brad.cho@visionarena.co.kr

전략의 여왕 GPTs 사용법

  전략의 여왕 속 주인공인 민지와 가상의 대화를 해보실 수 있도록 인공지능 기반 대화 챗봇을 만들었습니다. 아래 QR코드를 통해 접속하여 간단한 정보 입력 후 무료로 사용하실 수 있습니다.